부칠 수 없는 편지

부칠 수 없는 편지

서정복 시집

문학들

부칠 수 없는 초승달 편지를 다시 쓴다

원고를 다 정리하고 되돌아보니 꿈만 같다. 그래도 꼭 할 말이 하나 남아 있다.

2017년 7월 8일 계간 시조시학에서 시조 부분 신인상을 받게 되었다. 아내와 같이 참석키로 했는데, 그는 7월 7일 광주 큰 병원에 입원을 했다. 애들은 모두 직장인이라 주부인 둘째 딸이 간병키로 하고, 나 혼자 가기로 했다. 그런데 시상식 당일 갑자기 둘째 딸과 아들내외가 손녀 승아와 동행을 한다고 했다. 알고 보니 입원한 아내가 이들에게 부탁을 했다 한다. 아파서 누워 있는 자기 대신에 가서 아빠가 외롭지 않게 하라고 말했다 한다. 그것이 아내의 마지막 배려였다. 그녀는 평생 나를 뒷바라지하고, 응원했다. 영원한 후원회장이었다. 지금으로부터 14년 전 처음으로 시를 쓰라고 권했던 이도 그녀였다. 그런데 그렇게 마지막 선물을 주고, 그녀는 2017년 7월 18일 내 후원회장직을 사퇴했다. "당신은 나에게 행운이었소." 이 말은 꼭 남기고 싶다.

나는 정말 운이 좋은 사람이다. 그중 가장 큰 행운은 아내를 만난 것이었지만, 나이 들어서도 운이 잇따랐다. 시 공부를 하면서 젊은 스승을 만났고, 젊은 문우들도 만났다. 더욱이 자녀들의 관심과 애정은 그들 자식에게까지 교과서가 되었다.

고맙다. 아들 일교와 며느리 영, 맏딸 카니와 양대호, 둘째 훈희와 백종열, 셋째 애주와 최보현, 막내 라벌과 한만승, 그저 사랑한다.

시집을 내겠다고 했더니, 사퇴한 후원회장 대신에 온 가족이 후원을 하겠다고 나섰다. 든든한 손자 손녀들까지 너도 나도 후원자가 되었다. 고맙고 흐뭇하다. 모두 알이 꽉 찬 옥수수같이 흠 없이 자라서 고맙다.

이름 한 번 불러나 보자꾸나.

승, 민수, 다진, 재준, 필수, 아현, 수정, 재민, 대원, 승아야~.

이렇게 시인의 말을 적고 있는데, 해남 서해근 작은할

아버지가 텔레비전에 나온다.

   그래. 우린 참 멋진 가족을 이루었다. 시로 지은 집에서도 우리는 정말 우주적으로 멋진 가족일 것이다.

   14년 전부터 쓰기 시작했던 시를, 아내가 남긴 몇 마디 말과 함께 엮는다는 것이 즐겁다. 이승과 저승이 이렇게 또 만나 집을 이루니, 나로서는 뿌듯하다. 비록 보잘것없는 삶의 이야기일지라도 한 권의 책 속에, 시 속에, 이름 석 자 함께할 수 있다는 것도 큰 축복임을 안다

   부칠 수 없는 편지 초승달에서 그대 눈빛을 본다.

2021년 가을

서정복

차례

제2부

제1부

오리 새끼가 날 잡는다

초등학교 1학년 때였다

비가 개이고
등굣길에 삐비를 뽑다
간척지 물 고인 논에서
병아리 같은 오리 새끼를 보았다

잡으려는 욕심에 책 보따리 내팽개치고
오리 새끼를 쫓았다 오리는
앞으로만 도망치는 것이 아니라
꾸정한 물속으로 쑥 들어가 버린다

어디로 갔을까 휘둘러보는데
바로 앞에서 불쑥 나온다
온몸으로 철벅 덮쳤으나 허탕이다
한참을 쫓고 쫓다 옷은 다 젖고
밖으로 나오니 맨발로 서 있다

학교 가는 것을 잊은 채
신발을 찾으러 논두렁을 한나절 뱅뱅 돌아다니니
젖은 옷은 말라가고 흙탕물이 가라앉은 저편에
오리 새끼가 검은 흙 위에 앉아 있다

가만가만 갔더니
오리는 삐삐삐 도망을 가고
그 자리에 내 검정 고무신 코가 보인다

친구들은 학교에서 돌아온다
나는 그날 오리발 내밀어야 할
오리학교에 갔다

도롱테와 달리던 길이 있다

고향, 그곳에 가면
도롱테와 달리던 길이 있다

길가 여윈 낭미초는 손짓을 하여도
깡마른 개망초대 휘파람 소리에

북새바람이
골목길을 훑어서 간다

이슬비만 내려도 철벅철벅 검정고무신 벗어들고
바지 자락 질질 맨발로 뛰어가던

말부리 더듬거리다 잊은 그 이름
저기 저 손짓만 하다가
차창에 스쳐간 소꿉친구 흰 머리칼

길섶에 피어 있는 쑥부쟁이같이

깻자루 팔아서 산 가정보감

50년대 가정보감은 백과사전 같았다

장에 가실 때마다
따라가려고 애원을 해도 못 오게 하시더니
그날은 내 손을 잡아끌었다

햇깨를 털어 반말쯤 머리에 이고
보퉁이 하나는 내 어깨에 묶어주고
한여름 날 온몸에 땀 적시며 십 리 길 재촉했다

발 디딜 틈 없는 남리장
길을 뚫고 간 우시장 옆 공터에는
구성진 유행가 소리 따라
구경꾼들이 어깨춤을 추고 있다

노래가 끝나고 약장수 달변에
환으로 된 만병통치약과 고약이 불티나게 팔린다
신이 난 약장수는 나를 보더니

또 다른 이야기를 한다
어린 내가 듣기에 그럴싸하다
난 초등학교 4학년이었다

만장하신 신사 숙녀 여러분
지난겨울 내 친구가 초등학교 4학년인
아들을 데리고 서울을 갔다 왔어요
목포역에서 기차를 타고 가는데
기차가 출발할 무렵 쌔액쌔액 기적이 울리자
깜짝 놀란 아들이 아버지에게
기차는 누가 발명했습니까? 하고 물으니
그건 기차 만든 주식회사에서 발명했단다
그랬답니다

한참 뒤 아들이 또 물었어요
비행기는 누가 발명했나요?
그 또한 비행기 만든 주식회사이지
신이 난 듯 아들은 으응 웅 그럼 자동차는 하고 물어오니

더는 거짓말을 못 하고 졸린 척하고 있는데

그때 고구마 장수가 군고구마 있어요 외치며 지나갑니다
아버지는 군고구마를 얼른 사서 아들에게 주었답니다
더는 묻지 말라는 입막음이었습니다
맛있게 먹는 아들은 더 이상 묻지 않고
배가 부르니 잠이 들었고
아버지는 서울 갈 때까지 잠을 자는 척하며
잠에서 나올 수 없었답니다

내 친구인 그 아버지가 왜 그랬을까요?
배운 것 없고
아는 것도 없어서
그럴 수밖에 없었겠지요

그러더니 어디선가 한 권의 책을 가지고 나와
번쩍 들고 뒷발을 걷어차니
북 꽹과리 소리가 군중을 주목시키고

온갖 귀들이 어미닭 따르는 병아리 떼처럼 오종종 모여
든다

여러분 기차는 영국의 스티븐스요
비행기는 미국의 라이트 형제
자동차는 독일의 벤츠입니다

배우려고 하는 자식에게 가르쳐주지는 못할지라도 고
구마로
입을 틀어막는 것이 부모의 도리입니까?
아니면 배워서 잘 가르쳐주는 것이 옳은 일입니까?
이 책 속에는 생활상식과 사주, 궁합, 토정비결, 혼례,
제례,
편지 쓰는 법, 상용한자 등 필요한 건 다 들어 있습니다

안다는 사람들, 한다는 사람들도
이 책보다는 못합니다
모르는 건 무엇이든 찾아보면 다 나오고

지방 쓰는 법, 가정의례 준칙, 각종 법률 지식까지
속 시원하게 다 나오는 이 책은
만물박사, 백과사전 같은 책입니다

만장하신 부모 형제님 들은 가정에 보감으로
한 권씩 사서 배우고 자식을 잘 가르쳐주어
집안도 나라도 잘 되게 합시다

순식간에 쌓인 책은 다 팔려나갔다
어머니는 깨 판 돈을 쥐고 소리쳐 손짓 발짓
절대고음으로 약장수의 눈길을 잡아
가정보감을 간신히 사서 나에게 선물로 주었다

눈 뜨고 못 본 세상 살지 말거라
당부 말씀은 후렴이었다

반백이 지난 지금 생각하니 아마 어머님은
이전 해남장에서 약장수 이야기를 들은 것 같다

그래서 책 살 돈을 마련하려고 깻자루를 이고
무거움도 잊은 채 나를 데리고 달렸나 보다

그때 우리 어머니는 36세의 젊은 여인이었다

아침 샘의 약속

내골 바다 바위 틈 대야 같은 작은 샘에

경전 같은 어머님 말씀 가득히 고여 있다 코로나로 지친 도시의 삶 활짝 펴고파 보릿고개 넘어온 못다 한 말 있을까 아득히 멀어진 기억의 문 고향에 왔더니 늘 청결하게 쓸고 닦아 감사하게 마셔라 미물도 사랑을 받은 만큼 공 갚는다 아가야 아침 길 서둘러 물 길어라 그 정성이 한 가정을 지키는 치성이다

너와 나는 이 가정에 시집 와 한물 먹는 인연에 서로가 잘하고 못함이 어디 있겠느냐

서러움도 즐거움도 함께하자는 당부
문명에 밀리고 밀려 까맣게 잊고 사는 고부간의 약속
그 아침 샘에

찾는 이 하나 없어도 그때 그 말씀은 흐르고 있다

돌잔치
– 내 이름이 지어진 내력

아이는 새 옷을 입고 엉금엉금 기었다
상판을 짚고 일어나 실을 쥐었다
아이의 목숨이 칭칭 감아진 실은 명주였다

일가붙이라는 것
아이의 얼굴은 저들의 얼굴 조각이 조립된 것은 아닐까

아이의 손끝 하나에도 까무러치는 사람들
아이의 골상은 비로소 형성된
돌이 되어서야 이름을 받을 수 있다고 찾아든 사람들
에게
내가 어찌 이름을 함부로 지을 수 있나 하시면서

체격을 보고 몸에 맞도록 옷을 짓듯
아이의 거동에서 마음의 바탕을 보고
골상과 얼굴을 보고 이름을 짓는 것이라고
당현 선생님*이 일러주시니
아이 아빠는 고분고분 듣고 있었다

한참 후 선생께서 말씀하신다
부모로서 이 아이에게 누구라고 부르고 싶은 이름이
있었는지 하고 물었다 예 하고 대답하니
바로 그것이 얘 이름이라 하시며
좋은 글자를 찾아보겠다고 대답하였다

* 당현 선생은 한학을 지도하신 황산면 외입리 분이시다.

잰부닥불 넘기

잰부닥불이라 했다
대보름 맞기 전 정월 열나흘 날 정오에 피웠다
집집마다 피웠으며 전 가족이 다 참여했다
아버지와 어머니는 정지간 천장을 싸리비로 쓸었다

아침부터
겨우내 치우지 못한 가랑잎과 논수밭에 흩어진 건불
엉성한 고춧대, 피마자대와 마른 대나무 가지 등을
모아서 불을 지피면

총소리 같은 대나무 터지는 소리에 궂은 액운은 도망을
가고
먼지 같은 우환이나 고질병도 잰부닥불 연기로
씻어내는 것이다

할머니와 누나는
식구들 겉옷을 털어 연기를 씌웠다
아버지는 챙이 바람을 일으키고

나와 동생들은 비를 들고
연기를 방으로 몰아넣었다

타는 불이 사그라지면
나이 수대로 뛰어넘어
한 해의 건강과 풍년을 기원했다

할머니 휘하에 우리 집의 연례행사였다
집 안을 청소하고 소독을 하고 바깥나들이 예비 운동도
했다

코스모스 꽃만 보면

초등학교 운동회가 생각이 난다
덤블링 달리기 출전문 개선문으로

엄마도 한몫을 한다
기차박수 칙칙폭폭

회오리바람 불어 하늘에 먼지 날고
가족끼리 도시락 웃음
운동장 한 바퀴

금방 또
군것질해야 하는
삼삼칠 박수가

항아리의 비애

오래된 장독대 큰 항아리 뚜껑을 열어 본다
엷은 천 위에 굵은 소금 사르르 덮여 있어
그 속의 빛깔은 알 수는 없고

행여나 실수로 시집살이 큰 소리 나지 않을까
조바심에 서성거리던 그 마음을 들춰 보니
어머니의 얼굴 황금빛 살맛나는 희열의 맛이 있다

어머님은 열아홉에 시집 와
오직 당신의 몸뚱어리 부리는 것을 아끼지 않았다

한식날이면
잘잘한 단지 여러 개에 나누어
이 집 저 집 씨된장으로 시집보내니
돌아오는 메아리마다 칭송이었고

비로소
항아리는 한가로운 휴식을 한다

그때마다 어머니는
하얀 말포抹布에 새 샘물 적시어
쓰다듬고 문지르고 물기마저 훔쳐내니
화장을 하듯 본색은 맑아오고
햇볕은 애착하여
딱따구리처럼 쪼아댄다

비켜섰던 어머니는 한참 뒤 기지개를 펴고
간이 든 메주를 골고루 버물어 가득 채운 항아리에
옥양목 천을 깔고 해묵은 소금으로 덧씌워 밀폐한
그 속의 백태천광百態千光은
당신만의 비법이 묻혀 있고
날마다 일광 조율은 밥상머리 웃음꽃 피우듯
게으름 없이 끼니마다 살맛나는 꿈

땅 일구는 집념으로 가족의 우애를 다스리시던 어머님

그 위풍과 자상하신 그리움이
내 황혼의 기억에서 희미해가고
대물림하던 당신의 큰며느리마저
손 놓은 지 오래된 그 자리에 항아리가
배곯아도 서러움 감추고 물구나무서고 있으니

허무한 세월의 무관심에 버림받고
무엇인가 잘못된 생활 문명의 냉대에 할퀴어
개망초 그늘 거미줄에 묻혀가고 있으니

내 슬픔은 장대비여라

아들보험

1972년 2월 어느 날
갑자기 집에서 애들 편에 전갈이 왔다
엄마와 할아버지가 싸운다고

급히 가 보니
아내와 아버지가 싸우는 것이 아니라
아버지가 자신의 조끼를 찢고 있었다
그러시고는 울고 계셨다

내용인즉 일전에 우체국에서 막냇동생 고교 입학
교육 보험금을 찾아 드렸더니
입학금과 학비 교과서대를 내러 가시다가
버스 안에서 소매치기를 당한 것이었다

한복을 입고 다녀서 당했다고
그 격분에 서러워 우시며
한복을 찢는다

자식이 마련해준 돈이라 더했을 것 같아
서둘러 돈을 마련해 드렸더니
내 양복으로 갈아입고 가셨다

그러면서 아버지는
우체국도 은행도 소용없네
맏아들이 보험이네
아들보험이네

혼잣말인 듯
노래인 듯
흥얼거리셨다

누렁이가 떠나던 날

누렁이는 우리 집 상일꾼이었다
논밭갈이와 운반 수단의 주역이었다

늦가을 동틀 녘
여물방 굴뚝에서 새어나온 연기가
구름처럼 온 마당에 깔려 머뭇거린다
누렁이는 영문도 모르고 이른 새벽에
쌀겨가 수북이 뿌려진 소죽을 먹는다

젖 먹으려다 뒷발에 걸어채인
젖떼기는 울어대고 누렁이는
물렁한 눈망울을 죄 없이 꿈벅거리며
아버지가 댕기는 고삐 줄에 끌려나온다

떠날 줄을 알았는지 지 새끼를 한번 핥아주고
천근만근 무거워 보인 거동은 쓰러질 듯
마구청 앞 감나무에 몸을 부리고
등을 비비며 선잠을 깨운다

갈 길이 멀다고 재촉하며 서성대는 어머니
치맛자락에 쫓기는 마당에
가장 게으른 걸음을 떼어놓는다

딱 한 번 뒤돌아보고
이내 구름 여물 씹듯이 빈 입을 되새김질하고는
작심이나 하듯 뒤돌아보지 않고
비뚤어진 뿔로 허공을 문지르며 간다

한 집안의 살림 밑천이 되어
우음메 우움 음메에
지 새끼 부르며 갔다

할머니의 깨소금 단지

우리 일곱 식구가 남아
아버지가 철철이 나무하러 다니시던 길을 간다
거기에는 할머니가 계신다

조용한 곳으로 이사했다 한다
할머니는 손바닥을 치며 맨발로 마중을 나오신다
솔바람처럼 다가와
초면인 증손들을 안는다

내 새끼들 오느라 시장기 들었겠다
할머니 목소리 같은 봄바람 설렁인다

우리는 할머니 댁 청소를 끝내고
일곱이 둘러앉아
할머니가 주신 양념 주먹밥을 먹는다

평상시에는 그렇게도 반찬 투정 부리던
어린 녀석들이 잘도 먹는다

나는 눈으로도 먹고 코로도 먹는다
참으로 고소하다

그랬다

아버지랑 늦여름날 철 나무하러 오를 때면
땅꼬장에 주먹밥을 매달아주고
조그마한 종이봉투는 주머니 속에 넣어 주며
물 먹을 땐 조금씩 꼭 챙겨 먹으렴

내 소풍 때도 그렇게 싸주셨다

언제나 거기엔 깨소금이 가득하였다

농군도 군인이다

6·25 다음 해 여름
박성규와 윤병진은 서울 가려고 목포역에 왔다

개찰구에서 군기피자를 잡으려고
군경 합동으로 신분 조사를 하고 있었다

갑자기 철모에 권총을 찬 헌병이
당신들은 어느 군 출신이요
하고 물어왔다

두 사람은 군대를 갔다 오지 않은 30대 후반이었기에
대답하기가 난감했다

재빠르게 박성규는
네 저희들은 농군 출신입니다
하고 대답했다

헌병이 쇠구슬 같은 눈동자를 굴리다가

농군이요? 하고 반문하니

박성규가
군인이 밥 먹을 수 있도록 쌀을 생산하는 생산병이
농군이요라고 응답을 하니
고생 많으셨다고 거수경례를 하며
승차토록 했다

누가 누구를 단속하는 거지?

일제강점기 때 형사반장을 지낸
이 영감이 있었다

1950년대의 산은
농촌의 유일한 땔감 창고였다
전쟁 중이었고 연료가 귀했던지라
지키지 않은 산은 순식간에 벌거숭이가 되었다
그래서 단속이 심했다

냇골이라는 바닷가 골짝에
이 영감 산이 있었다
산을 지키기 위해
영감은 날마다 산으로 출근했다

어느 날 집안일이 바빠서 산에 결근했던 날
나무꾼들이 굵직한 소나무 몇 그루를
베어가버렸다

뒤늦게 산에 간 영감은
잘린 소나무 밑동에 앉아 업무 소홀을 한탄하다가
그들이 벌목하고 흘린 가지들을 주섬주섬 거두어
지게에 걸머지고 돌아오는 길이었다

순사가 나타났다

날마다 자기 산을 지켰던 용사가
범죄자가 되는 건 순간의 일이었다

막무가내 지서로 출두하라 한다
이 영감은 순사에게
굼벵이 기어가는 목소리로 말했다
저는 솔가지를 꺾지 않고 다만 주워서 왔는디요
말했지만

순사는 마른 나뭇가지처럼 딱딱한 목소리로
영감의 목소리를 먼 데로 치워버렸다

움츠러든 영감이 굼벵이 주름에선 듯 또 말을 꺼냈다
자기 산에서 주워서 오면 벌금이 얼마며
남의 산에서 벌목해 오면 얼마입니까

죄목을 찾지 못했던 순사가
삭정이 부러지듯 헛기침을 하다가
다음부터는 허가를 받아서 하라기에

내가 이 마을 산감입니다
하고 웃었다

약장수의 재치

장날 약장수는 마술사 같았다
무엇이든 그의 손을 거치면 신비한 물건으로 변했다
그가 있는 곳이 어디든 사람들은 그를 찾아 모여들었다

약장수의 말은 뱀의 비늘처럼 반질거렸고
커다란 뱀이 알코올 속에서 막 고개를 쳐들고 있었다
뱀의 추출물에서 만들었다는 연질 캡슐로 된 약을 팔기
위해서
뱀의 비늘만큼이나 많은 말을 한꺼번에 쏟아냈다

약장수의 말은 뱀처럼 사람들 사이를 휘젓고 다니고
말에 스친 사람들은 기겁을 하며 우하며 물러났다가
다시 몰려들었다

신경통 관절염 고혈압 당뇨는 물론이고
가슴앓이 신경병에 붓고 얼든 데에 직빵이고 특히
남자들의 잠자리 걱정을 싹 씻어준다는 말을 하는데

술 취한 행객이 이를 보고
저 약을 먹으면 다른 약발이 받지 않는다고
빈정거린다

약장수는 못 들은 척하다가
주머니에서 만 원권 한 장 빼들고 그를 불러
약 한 알을 주면서 먹으라 한다 그리고

당신은 이 옆에 약국에 가서
이 돈으로 쥐약을 사먹으쇼
당신은 약발이 받지 않으니
죽지 않을 것이라고 한다

취객은 무어라 구시렁거리다가
시부렁거리며 도망치듯 자리를 뜬다

이 틈을 이용 약장수는
독사 눈초리 같은 말투로

이 약 먹어서 약발이 더 잘 받아 쥐약 먹었으면
열 배는 더 잘 죽었을 거라고 독설 같은 말을 한다
그리고 저 사람은
쥐약은커녕 소주병 사러 갔을 거라고 하며
평생 저렇게 살지 저 술병 못 고친다고 했다

관중은 서로서로 약을 구하니 순식간에 불티났다
재치로 한탕을 본다

신발을 손이 신고

골외미 사랑舍廊방은
소여물을 끓이는 방이라 따뜻했다
여물방이라고 불렀다

농한기에는 남자들 노소불문
계봉溪峰 선생 지도하에 서당이 열렸다
나도 함께한 때가 있었다

집으로 돌아갈 때는 언제나 차례로 나와 신발부터 각자
챙겼다
그렇지 않으면 모두 검정 고무신이라 뒤바뀔 수 있기
때문이다

맨 먼저 나이 든 월남이 나와 신발을 챙긴다
한 짝은 손에 들고 한 짝은 왼발에 신고서는
서성거리며 신발을 찾는다
월남은 60이 넘은 고령이었다

한참 뒤 율동이
한 짝은 거기 손에 들고 있지 않소 했다
월남은 신을 들고 있는 손을 내밀며
글쎄 여기 한 짝밖에 없단 말이시 했다

아니 한 짝은 왼발에 신고 있지 않소 하니
왼발을 불쑥 내밀며
아 글쎄 한 짝이라 한다

율동은 직접 손에 든 신발을 신도록 도왔다

그때서야 월남은
아참 한 짝은 손이 신고 있었네 하였다

화로에 총총 별이 뜬 날이 있었다

소문이 났다
화롯불이 별밭이라 했다

큰집 당숙모님은 늘 화롯불을
곁에 두고 겨우내
해수咳嗽기를 달래셨다

방 가운데 놓인 화로에서 별이 뜬다는 이야기

하루는 당숙님이 약주를 많이 하여
간밤에 요강으로 착각
쉬를 하셨다 한다

숙모님이 깜짝 놀라
그것은 화로라고 하였더니
당숙님은 껄껄 웃으며

참 하늘에 별들이 총총하다 하시고

시원하다 하셨다

화로에서 몸 숨긴 별들이
화들짝 깨어 날았더란다

나는 아홉 살 가장이었다

건넛방에서 아버님이 부르셨다

등잔불을 벗 삼아 새끼를 꼬며 말한다
새끼는 내가 다 꼬아 놓았으니
니가 마람을 엮어서 지붕을 덮어라

이제는 니가 가장이다

난 내일 가면 언제 올 줄 모른다
할머니 엄니 동생들 잘 보살피고
공부 게을리하지 말아라

영문도 모른 아홉 살 가슴에
터진 보퉁이 같은 서러움만 덥썩 안겨주신 아버지

앞뒤 분간도 없이 어린 나는
얼굴에 코 범벅 눈물범벅

그날 밤은 아버지도 나도 잠을 이루지 못했다

무엇을 생각하였을까
눈이나 붙였을까
날이 밝아오자 할머니에게 큰절을 하고
아직 꿈결의 동생들 바라보다가
부엌문 잡고 눈물 흘리는 어머니에게
잘 부탁한다는 한마디
돌아선 아버지의 어깨가 들썩인다
곤 묵 같은 슬픔

오래된 쇠스랑 같은 몸으로 사립까지 나와서
애비야 끼니 거르지 말거라
건네준 할머니의 떨린 목소리
허리 굽혀 받은 전대를 메고 보국대*로
동리 사람 배웅 속에 남리 잔등을 넘어갔다
어린 손이 엮어야 할 마람처럼 거친 길을
뒤돌아보지 않은 아버지는

두 손으로 얼굴을 자주 훔치며 갔다

1950년 동짓날 39세 아버지는
눈 더미 속 짚뭇처럼 작아졌다

* 한국전쟁 당시 군수품을 운반하는 부대(또는 국군보국대).

제2부

사진 속에는 노래하는 소녀가 있다

손녀가 무심코 꺼내온 사진 속에
그 소녀가 있다

백신 주사 바늘같이 쭉쭉 뻗은
까끄라기에 알알이 줄을 지어 꽉꽉 찬 보리목이
산호들 후덥지근한 바람에
사그락사그락 익어가고 있다

그 보리논 두둑에 서서 삐리리 삐 삐
보리피리 불던 오래된 소녀가

지금의 소녀에게
들려주는 보리피리 소리

풍경으로 다가오는
바람 소리 물소리
또 새소리

부칠 수 없는 편지 1

몸 다스리고 온다더니…

휠체어 타고 북경으로 제주도로
큰바위얼굴 공원으로
들로 산으로 꽃구경 할 때
세상 사람들 다 쳐다봐도 당신이 있기에
하나도 부끄럽지 않았소

필수 수정이 밥 먹여 학교 보내고
도시락까지 챙기며
거동 못한 당신 곁에 있다가
저녁 길 돌아와
그들을 뒷바라지할 때
2009년 그 가을은
당신 은혜 갚는다는 즐거움으로 살았소
그땐…
그땐 참으로 행복했소
정말 재미있었다오

매듭 매듭 풀고 가소
흘러간 추억들
당신의 슬픔과 한
가슴 찢어지도록 아프게 한 내 무례함
수천만 분의 일만도 못한 내 인내
뒤돌아보며 몸소 갚으려 하는데
다 받지도 못하고
내 곁을 홀연히 떠나려 하오?

미련도 없다던 이승!
그래도 가기 싫어하는 길
행복도, 즐거움도, 슬픔도
붙일 길 없는 그 길
내 힘으로 잡을 수 없어 미안하오, 윤영자 씨

이제 미련 두지 말고 가시오
53년을 포개고 또 포개어 놓았던 인연들을

하나하나 넘기며 당신을 잊지 않으리다
당신과 함께 있으리다

지금 내 귀에 달달거리던 소리
귀찮게만 들리던 당신의 꾸지람
그립고 그립고 또 그립소

사랑한다는 말은
모두가 입 발린 소리라 하던 영자 씨
그래도 사랑한다는 그 말밖에 할 수가 없소

내가 가는 그날까지 편안하게 지내시고
우리 그때 한 쌍의 학으로
하늘 여행합시다

부칠 수 없는 편지 2

– 삼베 천이 여기 남았다

우매한 나
어쩔까요

분홍색 보자기 양단을 열십자로 돌려
매듭 내어 묶어놓았는데
오늘 아침에
우연히 서랍 저 밑에 있는 것을
풀어보았네요

1993년 12월 3일자 신문지에 곱게 말아져 있더군요

그대로 두고
당신의 정성스러움을 보고
또 볼 것인데 후회막급합니다
그냥 그리움만 쌓이네요

당신 집 떠난 지도 꼭 1년이네요

그래
장모님이 주셨다는 얘기가 떠올라
숨 막히게 가슴 아려옴을
온몸으로 씹으며 불러도 대답 없는
그 이름을 한번 불러봅니다
함께 갔으면 얼마나 좋았을까 하고요

까슬까슬한 이 천으로 옷을 지어입고
산책하듯 갈 것인데
당신의 솜씨를 자랑하며
폼낼 것인데
이제야 내 눈에 와 이야기합니까

주인 놓친 저것을 어떻게 할까요
오직
한 남자를 향하는 한 여인의 순박한 바람
그 바람을 홍두깨에 감아 다듬이질로
곱게 곱게 간직하겠다고 다짐했을 것인데

버리지 못하고
그냥
그냥
고마운 마음만을 내 가슴에 담고

다시 묶어놓은 삼베 천
분홍색 보자기를
그저 만져만 봅니다
바보처럼

석양

당신 가는 길
하늘 닿은 바다에 섬들이 있고 산은
한 조각 구름 모자를 쓰고 있다

더한 운치에 반하여 지그시 눈을 감았더니
마음까지 홀랑 벗겨 놓고 깊은 곳마저
훔치고 간 그대

하얀 화선지 같던 마음에
풀어놓은 오색 물감이
지워지지 않아

북받친 서러움에
산등성을 후비적거리다
피멍 든 손끝이
어둠 속에 묻혀가고

미련은 짐승처럼 네 발로
미칠 듯 헤매인다

1960년 가을의 추억

가을은 비가 내리려 하는 날 다 마른 빨래와 같다
누군가 서둘러서 거두어간다
달이 밝은 밤이면 더 빨리 거두어서 가는 밤등짐 소리가
여기저기서 들리어오고
오리 떼를 쫓는 아버님 뙈기 치는 소리는
썰물에는 끝나는데
행여 내 발길 들통이 날까
논두렁길을 피하여 산길로 삐걱삐걱
이슬 젖은 고무신 발로 조심스레 달려온 밤

귀뚜리 울음소리 으슴푸레 들리고
작은 솔숲에 산새가 선잠 깨어 호드득 날으더니
가리마 같은 산길로 올라온 그녀는
과년瓜年의 여장부였다
바닷가 으슥한 산길을 걸어서 왔다
야밤에 여자 혼자서 오기엔 너무나 어려운 길을

여기에 있을 거라는 믿음 때문에

공포심마저 잊은 채 하루 종일 조마조마 뛰는 가슴
천만 번을 생각하다
내 운명 전부를 가지고 왔으니
앞으로 부딪쳐야 할 모든 것들은
하늘의 뜻에 맡긴다는 그 말 한마디로

반백년 서둘러 오는 시간들
오늘은 우연히
귓속에서 뼛속까지 아파 오기에
오래전의 그곳에
당신 닮은 손녀 승아와 같이 갔습니다

날씨가 추웠는데 참 따뜻했어요

국화 축제 끝나는 날

세상이 무척 아름다웠다

인적이 끊기는 오늘을 보니
어제가 얼마나 아름다웠는지 알 수가 있다
그것은 바로 당신이었다

아름답고 행복한 세상은 가까이 있다고 하였는데
코앞에 당신을 모르고 바보같이
먼 산만 바라다보았네요

떠나고 있는 당신이 사랑이었는데

어쩌지요
두고두고 머물지 못할 삶이
제 운명도 아닌데 억지로 떠밀리는 고려장처럼
당신의 미소 같은 수많은 꽃들이
부수어진 꽃상여처럼
쓰레기처럼 밀려나고 있는 것을 바라봅니다

그 빈자리에 파란 하늘이 햇빛 내려 입을 맞추고
이름 모른 노란 싹이 햇빛을 마시는데

때늦은 후회
당신은 정녕 어디로 가십니까

내장산 가을 소풍

가을 산이 탄다는 내장산을
아내와 같이 찾았다

금선교를 지나 구불구불 2km쯤 추령재 영마루에서
아득히 머언 금선계곡 능선을 훑어 내려다본다

동백기름 곱게 빗질한 새색시 시절
당신의 검은 머릿결 같은 가을도
곱게 곱게 불길을 아래 아래로 쓸어내리고
석양의 노을은 비단 위에 꽃으로 피어서
우리의 얼굴도 같이 붉게 타는 것 같다

고즈넉한 산들은 무대의 배경처럼
수많은 생명들에 공연장이다
각양각색으로 분장을 하고 공연을 하는 무대
가을 산이 지금 절정인데

어젯밤 상강霜降의 이른 삭풍에 죽사리 쳤는지

슬그머니 곁에만 가도 흩날려 막을 내린다
그 아름다움이 영혼을 접어 가는데

아내가 그냥 가자 한다
오던 길로

하늘 나는 낙엽을 보며

대둔산
가파른 가을 길을 따라
저
홀홀히 땅을 향하는 단풍의 마지막 여행

우리는
서로를 의지하며 이 길을 오른다

여보
못 가것소 다리가 휠라 하요
그래도
당신 땜에 참고 가는데 헐떡거려요
나 여기
작은 바위에 앉아 있을 게 혼자 가요

내려올 땐
이리 와요 지 없으면 전화해요

오르다
숨길 돌려 뒤돌아보니 내리막길에
당신은
이 가을을 잡고
이야기하고 있드라

아
어차피 나도 혼자 가고 있구나

병상의 탄회坦懷

임종을 앞둔 아내의 손은
꽃을 놓아버린 환삼덩굴 같았다

그놈 보낸 죄를 받는가 봐요
그냥 낳아 키울 건데 억지로 보냈으니

아내의 머리에서
먼지 같은 꽃씨가 날리는 것 같았다 한숨처럼

그때는 왜 둘만 낳으라고 나라는 했을까요
당신이 공무원이 아니었더라면
낳을 수도 있었는데

뜬금없이,
생의 낭떠러지에 서 있는 듯 창백한 얼굴로
너머에 있는 어떤 힘에
끌려가지 않으려 애쓰는 표정으로
안간힘을 쓰며 말했다

그때 그놈이 생각납니다

낳은 것들도, 그냥 보내는 놈도, 모두가
아픈 내 가슴인 것을 ……

말라버린 가시넝쿨 같은 말을
아내는 힘겹게 이어나갔다

눈시울 적시며
너무도 멀리 온 삶의 탄회가 비틀거리듯
앞뒤 없이 하나하나 희미해진 기억을 캐듯

세상이 내 회한悔恨을 쥐어 짜내요
하면서 풀섶처럼 돌아누우니
속절없는 내 가슴도 가시에 할퀸 듯 아려왔다

임종 3일 전이었다

부칠 수 없는 편지 3

어제
영숙 처제로부터 전화가 왔어요
안부를 물어오네요
그래요
언니가 가르쳐준 대로 하니 혼자 사는 것이 제법입니다

형부 알아요?
이제야 말을 하는데 언니가 평상시
형부를 엄청 사랑했어요
병원에서 영실이와 나에게
언니 죽는 것을 슬퍼하지 말라 당부하면서
형부 품에 죽는 것이 참 행복하다고 말씀하셨어요
그러니 형부를 미워하지도 욕하지도 말라 하셨어요
형부 고마워요
하는 말에 전화를 놓고

사진 속 당신을 바라다보니
이제야 생각이 납니다

언제인가 당신 옷 한 벌 사 입으라고
준 돈으로 내 옷을 사가지고 왔기에
왜 내 옷을 샀느냐고 물으니
당신은 출입하는 사람이니 항상 깨끗하고
단정해야 돼요
그렇게 해야 안사람이 칭찬받는다는 걸 몰라요?
했던 말

그토록 나를 도와주었는데 그땐 왜 몰랐을까요
윤영자 씨

금년 여름도 더웠는데
잘 지냈어요?
그래도 당신 가는 날보다는
덜 더웠어요

미안해요
나 혼자 애들 사랑받고 있어서…

오늘이 필수 생일이에요
지금 영암경찰서에서 군 복무를 하고 있고
아현이는 교원대 2학년
수정이는 전대 공대 합격
승아는 한문 2급에 합격했으며
내일 저녁에
성당에서 피아노 연주를 한답니다

지금도 차를 타고 어디를 가면
당신이 차 안에 있는 것 같아요
그렇게 한참을 달리다
텅 빈 느낌이 들면 혼자 집으로 돌아와요
혼자하는 여행은 가기 싫어졌어요

내년 1월 14일 카니 가족과 승아와
다낭에 가기로 했습니다

며칠 있으면 우리 만남이 55년입니다

아내의 묻지 마 외출

2002년 봄 어느 날
애들 엄마가 갑자기
부산 쪽을 다녀오겠다고
새벽부터 설친다

아마 첫차를 타려고 하는 것 같다

부산에는 아무 연고도 없고
집안 일로 그쪽에 갈 일도 없어서 궁금했지만
묻지 말라며 서두르는 통에
아무런 말도 못했다

화가 난 것은 아닌 것 같고
내가 특별히 잘못한 것도 없었지만
없는 죄가 생길 것 같았다

이유는 묻지 말라
경고성 말을 하면서

기다리지도 말라 한다
무슨 각오나 하듯

그렇게 아내는 쌩하니 갔지만
내 마음은 외통수에 걸린 것처럼 답답했다
어디 연락할 데도 없어서
주머니 속 오래 구긴 종잇조각처럼
마음에는 손때가 묻었다

그런데 늦은 밤에
막막함을 깨고 아내가 나타났다

끼니를 거른 사람처럼 초췌했다
자정이 다 되어가는 시간이었지만
양판에 밥 비벼 뚝딱 먹어 치웠다

아이고 인자 살 것 같네
사람 된 것 같네요

기지개를 길게 편 뒤에
비로소 내 사람이 되어 곁에 앉았다

실은 막내 집을 갔단다
막내 처제는 마산에서 살고 있었다

친정 부모님도 안 계신데 큰언니로
그냥 있을 수 없어 갔단다
막냇동생의 딸 은이가 대학을 간다기에
이모 노릇을 좀 하고…

그랬으면 쉬었다 오지
왜 당일치기야 했더니
집이 좁아서였다는 말은
끝내 하지 않고

당신이 좋아

여기가 제일 좋아
그 말만 하였다

미나리 시집살이

춘정리 큰 동네
살얼음 마을 어귀

괭이밥 같은 봄 우물에
시궁창 흐른 물에
삼복더위 꾸정물에

온몸을 담그고 살아온 미나리가
백옥 같은 속살에
티 하나 없이

잔뿌리 빈 대롱에 향기를 가득 채워
늦가을 단골손님 김장철에 향기를 뿌리고

젖은 손 마를 새 없이
가을걷이 저녁상에
지친 몸 달래려고
무채에 전어 무침

그 향기 버무리는
며늘아기 시집살이가
씨엄씨 눈 안에 자식 되어
안방으로 부르시니

옛이야기 보따리 꺼내 놓고
화롯불에 익어가는
고구마를 먹자 한다

그 강을 건너가고 있다

큰딸로부터 전화가 왔다
광주에서 두 분의 이모님을 모시고
새해 첫날 점심을 하겠다고 한다

잘 모시라고 당부만 하고는
나는 가지 않았다

전화를 끊고 나니 울컥한 옛일이 떠올랐다

1952년 설 지나고 대보름 뒷날
아버님 따라 흰재를 넘고 우슬재를 넘어
대산에서 지각골 용동골 산을 돌아 영수와 좌일 지당*
까지
100여 리 길을 해와 경주나 하듯 해 끝에
이모할머니 댁에 도착했다

아버님은 방에 들어 이모할머니께 큰절을 올리고
한참을 엎드려 우셨다

41세의 젊은 아버지가 울고 있었다

할머니*는 아버님을 품으로 끌어안고 흐느끼시더니
어린것이 먼 길 왔다 하면서 나까지 끌어안으셨다

하룻밤을 지내고 돌아오는 길
아버님은 나에게 말씀하셨다
엄마가 보고 싶으면 이모를 찾아뵙는다

얼마나 보고 싶으면 험난한 그 길을 달렸을까

애들도 그렇겠구나

60여 년이 훨씬 지났는데
열한 살 때의 그리움이 온몸을 휘어감는다

어머니를 그리워했던 아버지의 그리움과 엄마를 잃은
애들의 그리움들이 나의 겹친 그리움으로 모두 함께 와

내 잘못이나 되는 듯 내 가슴에 빗물이 되어 강을 이루니

난 그 강을 겨우 건너가고 있다

* 전남 해남군 북일면 만수리 고칭.
* 할머니는 1951. 11. 3. 돌아가셨다.

당신 덕분에 따뜻해요

아직도 그대 소유인 것 같은 장롱 문을 열었다
당신이 다가온 듯한 화장의 향내가 풍긴다
오랜만에 다가온 그리움이 흐른다
어느 때 사두었는지 당신이란 글씨가 적힌
포장을 뜯어본다
연두색 내의가 당신의 미소처럼
내 눈에 들어온다

입었더니
당신과 교감을 나누는 것 같다
나를 안겨준 따뜻한 체온
1964년 12월 25일 조금나리 눈 덮인 바닷길을 걸었던
그때가 생각난다

세월은 나를 늙게 했지만
어두운 방에 혼자 앉아
없는 당신을 마주하면
그리움은 또 감자 싹처럼 돋는다

부칠 수 없는 편지 4
– 좋은 글을 만나면 낭보가 있다

백일장 심사를 하면서
초등학교 5학년 아이가 쓴 글을 읽었다
원고지에 또박또박 내려쓴 산문에서 나는
칸마다 채워진 사랑을 보았다
물별처럼 번지는 글씨들

코로나19로 거리두기 지키느라
학교도 못 가고 친구들 왕래도 뜸하고
할머니 집마저도 함부로 못 가는 올 여름
장마마저 51일이란 긴 한 해 아빠는 날마다 걱정이 크다
이날 저 날 미루다 삼촌들도 못 오고
추석은 가까이 다가오는데 작심이나 하듯 9월 19일 토요일
아빠 따라 할아버지 묘 벌초를 하러 엄마와 같이 갔다
할머니는 내 아들 많이 컸다고, 내 머리에서도 손을 떼지 않는다
엄마는 오랜만에 집안일을 거두시고

할머니와 아빠와 셋이서 할아버님 산소에 갔다
예상대로 풀이 너무 많이 자랐다
아빠는 예초기질 하고 할머니와 나는 갈퀴질 하는데
갑자기 기계가 멈추고 벌들이 윙윙거린다
할머니가 소리친다 멀리 뛰어 도망가라고
한참을 뛰어가다 뒤를 돌아보니
할머니는 아빠를 안고 엎드려 있었다
심상치 않아 119로 신고했다

할머니는 치료를 마치고 돌아오셨으며
우리는 벌초를 무사히 끝내고
할머니 집으로 내려와 늦은 점심을 맛있게 먹었다

할머니는 큰길까지 따라오시면서
고생했다 고맙다 연이어 하신 말씀에
아빠와 엄마는 고분고분 인사만 하고
할머니 그 크신 사랑을 받고 들으며
나는 할머니께 달려가 포옹을 한다

이 글말에 사랑과 효심이 겹치어
새로운 도덕 사회를 만난 듯한 희열에
괜스레 충전되어 점심은 맛을 더하는데
당신이 유독 예뻐했던 백승이 전화가 왔다

오늘 주택공사 입사 시험에 합격했다 한다
그리고 며칠 전 승아도 한문 준 1급에 합격하여
이 또한 겹친 낭보에 혼자 즐기다가
내내 미안해하는 당신이 아른거려
모두가 잠든 이 새벽에 이 소식 전하니

당신도 크게 한번 웃어 봐
눈으로만 웃지 말고

초승달

초승달은 언제나 옆걸음 친 당신같이

살짝 흘기는 미소로 노을을 비껴간다

땅거미 드는 언덕을

넘어서 가는 내 여자

제3부

고천암호

하루 종일 다랑이 논 또랑물 퍼 올리시고

젖가슴을 쥐어짜 많이 먹어라 배 곯지 말라고 물밥 한 숟갈 먹여 주며 나락 한 포기라도 더 살려서 내 자식들 쌀밥 한 그릇 더 먹이고 싶다 하시던 어머님의 한, 여기 고천암호에 윤슬로 퍼덕입니다

어머니 젖가슴처럼 마르지 않는 강으로

망월동의 향기

코로나 때문에 집 안에만 있다가
산책 삼아 가 본 망월동에서
한 청년의 소리를 만났다

나보다 먼저 온 한 젊은이가 하얀 가운을 입은 채
누군가의 묘 앞에서 눅눅한 비를 맞고 있다

비가 내리는데
흰 가운은 다 젖었는데
안쓰러움에 눈을 거두지 못하고 있는데

젊은이의 걸걸한 목소리가 들려온다
그 소리에 내 가슴은 뜨거워졌다

대구로 가겠습니다
지금 대구는 전쟁보다 더한 난중 난리입니다
3월 2일 현재 수천이 넘었습니다
의료진은 지쳐 있고 병실은 태부족하여

신음 소리가 끝이 없다 합니다
그들은 지키러 가겠습니다
아버지

저는 1980년 7월 유복자로 태어나 어머님으로부터
기억할 수 없는 아버님 이야기를 잘 들었습니다
지금 저는 오지마을 진료소장으로 행복하게 잘 살고 있
습니다
여기도 지켜야 하지만 가서 우선 막아야 합니다
학생들이 학교를 못 가고 있습니다
공포로부터 대구를 지켜야 합니다
대구를 살리고 시민들을 지켜야 합니다
아버지

그리고 돌아서는 어깨 위로
뜨거운 빗물이 마구 쏟아지고
박수 소리인 듯
함성인 듯

빗소리가 거세졌다

신안 퍼플 섬과 나

한여름 밤
마당의 멍석 위에 누워서

하늘에 별을 세다 별자리를 외워도 봤다
견우와 직녀 사랑 얘기를 듣다가 잠이 들기도 했다
칠월 칠석날에는 오작교 건너가 만난다는 얘기도 들었다
이날 밤에 비가 내리면 견우직녀의 눈물이라고도 했다
때로는 비가 오지 않는 하늘을 보며
무담시 내가 슬퍼하기도 했다
지금도 이 이야기는 사실로 믿고 싶다
젖어머님 말씀이기에

그 어머니는 나를 길러주시고
6·25 동란 시 본가인 신안 반달 섬으로 갔다

나는 오늘 꿈에서나 그리던 유모가 들려준 얘기를 상상
하며
오작교 같은 신안 퍼플 섬을 간간이 내리는 비를 맞으

며 갔다
　행여나 내 기억 속에 닮은 사람이라도 만날까 봐
　가슴 설렘으로 가는데

　내 앞에서 누군가를 만나러 가는 듯
　서둘러 가는 내 나이뻘 여인을 만났다

　그는 젊어서 고생 고생하시다 가신 친정어머니 성묘를
간다 한다
　오늘 음력 유월 초하루 그분의 제삿날이라고도 했다
　평생을 삶의 도구로 써버리고
　남아 있는 기력으로 놓친 무언가를 찾아야 한다는 듯
　무거운 육신을 이끌고 가면서도
　이미 만나야 할 누군가와 동행하는 기쁨을 누리고 있다
는 듯
　웃는 그

　지워지지 않는 미소가 내 눈 안에 들어와

섬과 섬의 거리를 걸음으로 재듯 걸어간다

빛 바랜 시간 속으로

객지로 떠난 자식 행여 잘못될까 봐
밤낮으로 노심초사 가슴에 멍들었나

오늘도 그 한숨 소리 내 귓등에 걸려 있네

막차의 차창 밖에 얼비친 젖은 눈빛
어머니의 당부 말씀 지금도 생생한데

오래된 약속 때문에 놓쳐버린 내 청춘

눕는 곳 여기인데 마음은 고향 하늘
흰 구름 따라가면 동구 밖에 가닿을까

빛 바랜 시간을 쫓다 하루해가 저무네

운곡 람사르 습지에 가는 이유

수몰된 내 고향은 어디쯤일까

운곡저수지(땜)
파아란 수평선에 바람이 분다
살살 부채질을 한다

다듬어진 탐방1로
터널 같은 숲길 그늘 속으로
그 옛날 선조들의 글 소리 따라
구김 없고 평화로운 촌락
고향을 찾아서

용계 동네 맨 꼭대기집 오두막 그 집에서
옷고름 입에 물고 소리 없이 웃고 있던
젊은 내 어머님이 선하고
가난해도 우릴 보면 오지다고 하신 말씀이
귓가에 맴돌아
길을 재촉한다

가도 가도 소나무 참나무 대숲 우거져서
여기가 거기 같고
거기가 여기 같은 기억은 가물가물
서성거리는데

길섶 양지 경사진 빈터
까만 돌비에
내가 고향을 그리워하는 이유

고향 이야기가 새겨 있드라

탐진호에서

참 많은 말씀들이 모여 들었다
밥 먹어라
아프지 마라

어머니 말씀 같은 계곡 물줄기가 모여들어
다시 내 앞에서 출렁거린다

그 말씀 안으로 들여 나도 어린것들에게
밥 먹어라
아프지 마라

호수의 물빛 같은 말을 건넨다

퍼내도 퍼내도 어머니 경전의 말씀들은
마르지 않고

햇살도 송사리 떼처럼
반짝이는 윤슬로 퍼덕인다

송알송알 ㅇ과
몽글몽글 ㅁ과
나른나른 ㄴ이
떠다니는 것 같은 물의 낯에

겨우 어머니 이름을 마음으로 새기며
어머니와 물과 눈물 같은 말에는
왜 한결같이 울림통이 있는 것인지
조금은 알 것도 같았다

고향 들녘에 이런 날이 올까요
– 시논 안 들녘

내 고향 춘정 시논 안 들녘을 걷는다
아파하지 않고 거짓 없는 생명의 땅 가슴을 만지며 간다
왜가리 기웃거리고 개구리 사랑 노래 부르는
기는 짐승 나는 짐승 함께 어울린 들녘에
방동사니 줍는 아버지와 넝개미 치는 깔담사리
우리 집 뿌사리와 써래질 하는 가정이도
삐비꽃 민들레도 하늘을 향한다

모내기철에는 온 동네가 잔치다
대산양반 깽쇠 치고 반송양반 북을 치며
송정양반 고무신 징채도
삼인방이 어울리는 농악 소리가
시논 안에서 감투나리로 메아리치면
어느덧 해는 옥주*에 눕고

다 되어간다 다 되어간다 ~어럴럴럴 상사디어
이 논베미 어서심고 ~어럴럴럴 상사디어
각자 집으로 돌아가세 ~어럴럴럴 상사디어

세네미양반 자진모리 설소리에 손질을 재촉하고
이 엉덩이 저 궁뎅이 들썩들썩 뒷걸음치다가
부딪치고 스치는 초면 인사에
부끄럼도 내외도 어색함도 없는 사람들

아침이면 이슬 털고 해 끝에는 저녁 이슬 밟아오는
아버지 발자국 소리 들으며
가정이 가랑구 냄새에 배를 채워
삼복더위도 이겨낸 땀의 향기에 키재기 하더니
남풍의 바람결에 터지는 배란통 천 리를 날아
가랑님 길 트시니 하얀 뜸물 생명을 안고
세상을 바라본 고개고개마다
북세기 하나 없는 금빛 가득히 하늘 끝까지
땀방울의 진실이 익어간 개활지 평화로운 땅에
메뚜기 떼 하늘 날다 꼬리는 땅에 묻는다

* 진도의 고명.

4월의 기도
− 2015. 4. 16. 팽목에서

생각해 보셨나요

일 분간 숨 멈추면 어떻게 되는지
한 번 해 봐요
잠수하는 해녀들
내뿜는 숨비 소리를 들으셨나요

세상이 흔들거린다

얼마나 견디었을까
얼마나 몸부림쳤을까

꽉 잠긴 쇠문
손톱으로 긁어댔을 유리창 밖 세상을 향해
죽어가는 너에게 공기 방울 하나 주지 않았던
사람들을 향해 너는
사랑해라고 유서를 썼다

돌아오라, 아들아
돌아오라, 내 딸아

사람으로 오지 말고
꽃이나 새로 오려므나
물속에서도 죽지 않는 수련이 되거나
숨 막힐 걱정 없는 하늘에서 나는 새

집 안으로 들어올 수 없거들랑
구구구救救救 비둘기 목멘 울음으로
엄마 엄마 부르면
엄마는 달려갈게 달려서 갈게

너에게 갈게

맹골도에 잠든 내 아가야

사라호 태풍

추석을 닷새 앞둔 날
추석을 기다리는 마음은
갈가리 찢겼다

바닷가 제방들은 어느 한 곳도 성한 곳이 없었다
우리 집도 태풍의 발톱이 거칠게 스쳤다

다 지어 놓은 농사 1,500여 평과 제방을 할퀴어 갔다
나는 그때 서울에 유학하고 있었다

억장이 무너진다며 내려오라는 전보가 왔다
복구 작업은 다 밀가루사업으로 했는데
큰 농장에는 지원이 있었지만
우리는 작은 개인 농장이라 지원이 없었다

하던 공부 팽개치고 아버지를 따라
옆 산에서는 흙을
덜밑에서는 바닷가 돌을

지게로 옮겼다

이듬해 3월까지 둑을 복구하고 나니
등짝에는 시커먼 바닷돌 같은 멍이 들고
손바닥에는 갯물 같은 상처가 그어졌다

가난하고 힘없는 사람을 먼저 살려야 하지 않을까
내가 아는 마땅함은 개펄 흙처럼 연약했다

누구의 도움도 받지 않았지만
우리의 것이기에 참고 견디었다

벗겨진 수채통 콘크리트에는
소화13년(1938년)이란
신문지가 붙어 있었다

1969. 9. 12. 불었던 태풍 사라호의 강타로 서남해안의 해안지도와 나의 운명이
바뀌었다.

그때가 그리웁다

올해는 유난히
바람과 눈이 야합이나 하듯
자주 불고 쌓인다
제설 작업은 연일연야
처마 끝 고드름은 날로 자란다
손녀가 물어온다
눈이랑 고드름이랑 먹을 수 있느냐고?

그날들이 그리웁다

순이와 같이 찐 고구마 바가지에 담고
초가집 처마 끝에 팔뚝만 한 고드름을 따다가
양지에 앉아서 목을 적시며
허기 채우든 때가 있었다

쌓인 눈에 우물길 막혀서
누나와 순이와 셋이서
처마 밑에 동이를 이어서 놓고

똑똑 떨어지는 고드름 진땀을 받아서
식수로 허드렛물을 쓰던 때도 있었다

겨우살이 빨래
밤새운 엄동에 굳어져
소가죽처럼 뻣뻣이 빨랫줄에 흔들리고 있지만
빤한 햇살에 온몸이 풀리면
흐르는 눈물 맑아 보인 날도 있었다

그리웁다 그때가

골목시장 사람들

세상이 꽁꽁 얼고
살을 에는 혹한은 연일연야
행인의 발길이 뜸한
꼭두새벽에 닥치는 칼바람
화덕에 불사르고 몸을 녹이다가
비비는 손 입김 쐬며 장을 편다

겹쳐 걸친 방한복에 뒤뚱거리며
깊숙이 쓴 벙거지에 털목도리 무색도 한
굳은 입술 말문 막혀
눈짓으로 심심상인 벽이 없어도
기웃거린 객이 들면 어색도 하다

옴짝달싹 못 한 빙판길 위로
행여나 골목 바람 타고 오실까
바라다본 눈시울에
살며시 찾아온 고달픔은
잠기를 붙잡고 있어도

녀석들 글 소리 귓가에 맴돌면…

긴 하품 기지개 펴고
꼬옥 올 거라는 믿음에
뼈아픔도 이겨낸다

동백꽃 추억 버스

누나! 얼마만이에요 여기서 만날 줄이야
아직도 머리칼은 검고 고운 얼굴이다
우연히 강남 터미널에서 만났다
광주까지 동행이라 동승을 했다

그땐 만나면 말도 많았는데
오늘은 할 말이 없어
가만히 눈을 감고
그녀와의 추억을 밟아간다

노송과 동백이 어우러진
고향 춘정 호암산 언덕에 올라
동백꽃 그늘에 숨어 있는 얘기가 살아난다

세 살 위 그녀는 초등 1년 선배 나의 보디가드로
집에서는 소꿉질하는 내 동무로
언제나
그 자리에 먼저와 동백꽃 따서 입에 물고

또 따서 나 더러 빨라 한다
달짝스런 그 맛 그 향취
그땐, 그때는

여보와 당신
엄마하고 아빠 흉내 내며
떨어진 꽃송이 모아
노끈에 꿰어 내 목에 걸어주면
나는 그녀 머리에 꽃관을 씌워

지그시 감은 눈 입가에 미소로
어린 나는 어른이 되어갔다

누나가 시집가던 날
커다란 청가지 꺾어다
대례大禮상 옆에 꽂아주고
잎 사이로
족두리 쓴 그녀를 바라다보았다

그녀는 열아홉에 시집간 연상의 여인
늘 마음에 숨어 있는 추억의 여인

오늘도 동백꽃 그늘에 앉아서 얘기를 한다

내년에 또 이런 날이 올까요

는개가 짙어지더니
가랑비가 하나둘 구름을 타고 내려와
머리 위 꽃들을 쓰다듬는다

시간은 독니처럼 사시巳時 머리에 놓이고

큰비가 내릴 듯
무대의 장막처럼 어두컴컴한 길옆에
떨어진 벚꽃 잎이 줄을 지어
촉수 낮은 전구 알처럼 빛나고 있다

꽃잎에서 꽃잎으로 이어지는 숨결처럼
꽃 이파리에도 찌륵찌륵 봄이
전류처럼 흐르고 있을까

뜨거워진 꽃잎이
내 눈에 인화된다

이 아름다운 길을 걸을까 말까 주춤하는데
거동도 불편한 어느 노부부가
아주 다정히 손을 잡고 나를 앞질러 간다

두 어깨가 젖을까 봐
우산을 건넸더니 사양을 하며
안노인이 말을 한다

평생을 사랑했던 분과 함께하니
이쯤의 비는 뼛속에 들지 않아요

눈가에도 벚꽃 잎 환하게 피었다

내년에 또 이런 날이 올까요
꽃잎 같은 말을 흘린다

애써 떨어지는 꽃잎을 피해
발을 옮기는 부부의 등 뒤로

장막이 걷힌 듯 봄볕이 환하다

어떤 질문은 의문만 남기고 사라진다

친구가 찾아와

난 어제저녁 어처구니없는
꼴을 보았네

한밤중에 난데없이
요란스럽게 문을 두드리기에
깜짝 놀라 우리 부부는 문을 열었더니
한때 가까이 지냈던 후배의 아내가
옻독 오른 듯한 얼굴로 다짜고짜로
사실대로 말하라 하였네

머리도 꼬리도 없이
쏙 새우 몸통 내밀듯
자기 남편 공부할 때 도와준 적 있느냐고 묻기에
도와주었소 하고 대답을 하니

인사도 없이

새우 껍질 치워가듯
그냥 가는 꼴을 보았네

어처구니없이 당한 것이라
어안이 벙벙하여 그냥 앉아 있었는데
돌부리에 걸려 넘어진 사람맹이로
아직도 무슨 까닭인지
알 수가 없네

아내는
지정신이 아닌 것 같다고 참으라는데
밥 사주고 뺨 맞은 것 같네

강진만 갯벌의 비밀

어머니 품속 같은 16km 해안길에
슬금슬금 강진만의 밀물이
어머니 치마폭이 늘어지는 천처럼 너울너울 춤을 추고
갯벌은 뻐끔뻐끔 물을 마시며 소곤소곤 이야기를 한다

도대체 알 수 없는 신비스러운 바다 이야기를
어디다 뿌렸는지 슬렁슬렁 한참을 출렁인다

어머니 이마에 잔주름 같은 물살들이
사벽沙壁질을 하여 묻고 간
비밀의 갯벌은 햇빛에 윤기가 흐른다

어머니가
늘 어머니 같은 바다라고 부르던 그 바다
갯바닥 길을 걸어 썰물 끝에서 나는
어머니 가슴을 아프게 한다

호미질 하듯 뱃살을 긁어 뒤적여도

아파하지 않는 어머니는 문을 열어준다
한 움큼 한 움큼 쥐어지는 굴지득금掘地得金

이제야 알 것 같은 어머니의 눈물과 한
배고파 보채며 칭얼거리던 동생을 업어주고
이 물 때 갔다 오면 느그 배 하나 못 채우겠느냐
니 월사금 하나 못 해주겠느냐고
흥얼거리시던 말씀 다 들었습니다

느그 고생 안 시키겠다는 말씀은 성인의 말씀보다
더 가까이 내 가슴에 새겨 있으며
어머니 가슴에서 배어나온 갯향기는
지금도 꿈을 꾸고 있는 이 바다의 말씀입니다

2020년 초1년생의 추억

올 처음 학교에 갔다 오던
손녀가
밤을 설치더니
국기를 달자 한다

산 넘어 하늘가 열기구 같은 구름이
동살로 불을 지펴 아침놀 당겨 펴니
엄마 같은 태극기 앙가슴이 펄럭인다

코로나 19에 묻혀버린
초1년 한글날의 애국심이
어둡도록 몸부림친다

더위가 들랑달랑하는구만

서울에서 제법 잘 살고 있다는 친구 윤식이가
안부를 물어왔다

이 무더위에 얼마나 고생하느냐고 그래서

여기는 아직 틈새가 많고 넓어서
더위가 들랑달랑하는구만

하였더니 빌딩 무너진 듯 웃어재낀다

일렁이는 물결을 싸서
겨드랑을 스치는 바람이
뱃속까지 부채질하고

썰물에 고개 숙일 줄 모르는
울돌목 회오리는 한여름의 가슴팍을
뚫은 듯 빙글빙글 돌아
바닷속으로 다이빙하고

쉬이 싹 쉬이 싹
밀려오는 물살 소리는
더위를 자근자근
씹고 있네

제4부

후와 하 사이에서

서늘바람에 구름 보자기 걷히니
활짝 열리는 하늘이
숨을 길게 내뱉는다

후하

나는
가슴을 펴 들이마신다

내가 숨을 열었더니
갑자기 동쪽 하늘에서
투명한 빨대들이 쏟아져 내린다

후와 하 사이는 넓고도 투명해서
아침 햇살 빨대 하나로
우리는 금방 통한다

마라도 스케치

큰 섬에서 바라다보니
항진하는 잠수함 같다

다가가니 스키장 같은
경사진 초원이다

그 정수리에 솔나무 몇십 그루
변발머리 같다

두륜산 두륜봉은 옛달을 품고 있다

달은 또 떠올라
빛을 쏴아 쏟아버린다

산봉우리에도 산등성이에도
달빛이 쏟아져 내린다 나뭇가지에도
갓 피어난 수선화 뿌리에도 달빛이
흥건히 고인다

하나밖에 없는 그 길
궤도를 타고 돌아오는 달
저 높은 곳에서 누가
달두레박을 끌어올리는지
줄줄줄 빛이 새는 달두레박

바람도 잠이 들어
다툼 없이 고요한 절 마당에도
달빛이 출렁거린다

대흥사 응진전 앞 삼층석탑을 빙빙 도는
내 이마에도 정수리에도 회초리 같은
달빛이 쏟아진다

스스로 깨우쳐 가라는 불심을 따라
깊은 밤기운 달빛에
내 그림자를 밟으며 합장한 나는
어디쯤 가고 있는지 세월의 거리를
짐작도 못 하고 어리석게 서 있는데

매처럼 축복처럼 쏟아지는
달빛의 폭포수

맞은 차가움을 뜨거운 내심으로 다독이는 새벽
두륜산 두륜봉이 달처럼 둥그러진 이유를 알 것만 같다

봄날은 간다

봄은
온통 비에 젖고 있다

넘어질 듯 넘어질 듯 아장아장
노란 병아리 같은 수선화

비 끝에

산비탈 묵정밭에 별들이
쏟아져 놀고 있다

단풍나무는 미혼모 같다

단풍나무는 미혼모 같다

혼기 꽉 찬 가을을 늘 걱정하고
납빛 같은 얼굴로 슬퍼한다

입추가 지나고 서늘바람 불어오면

파랗게 맑은 거울 앞에서 화장을 한다

배롱나무의 추파

바람에 도망치는 먹구름이
석양 길을 재촉하여도

구름 사이로 손을 내미는 햇살은
백일홍 몸속의 뜨거움을 퍼올리고

잔바람에 날리는 옷깃
떨리는 몸 시름없이

조심조심 찬물 끼얹는 소리
늘씬한 배롱나무 등을 훔치는데

얼큰한 사내가 길을 걷다
대문을 열고 방뇨를 하니

별안간 알몸 들킨 듯 온몸이 달아

빗물에 뒤얽혀 범벅이 된 흙마당에

붉은 꽃잎
꽃잎으로 번지어 가는

가을밤에 꽃을 바라보다

행복은 짧다고 가을이 이야기한다

배부른 정취에 푹 빠져
때 가는 줄 모르다가
끊겨버린 인연 왜 그러느냐 물어오니

한여름 욕망이 줄렁줄렁
가을을 익힌다고

인생이 사는 게 다 그렇다며
하늬바람 불어온다

나무와 바람

바람은 또 어디서 꽃을 불러와
나무에 꽃이 슨다

꽃이 나무를 색칠하고 치장하고
꽃으로 환해진 나무는
온몸으로 꽃을 피우고 바람더러
함께 열매 맺자고 붙잡으려 하지만
바람은 물끄러미 바라만 본다

나무는 꽃이 좋아
최선의 꽃을 키우는데 바람은
꽃향기는 제 것이라며
향기 데불고
다시 떠난다

나무는 또 혼자서
꽃에게 모든 것을 쏟고

도둑놈의 풀

도둑놈 같지 않은데
땅바닥에 납작 사지를 펴고
밟히면 밟힌 되로 죽는 듯이
엎드려 있다

그러느니 하고 유월 장마에
게으름 피다 한눈파는 사이
목덜미를 잡을 듯 활개를 치며
담 넘어 내 거동을 살피는지
갸우뚱거리며 으시댄다

지 나름대로 컸다고
숨값이라도 하려는지
겨드랑에 숨겨 놓은 망울들을
하나둘 연이어 노랗게 튕겨

눈길 조금 주었더니

이제는 덤벼든다
담을 넘는다

행여나 만질라치면
화살 같은 독침으로
벌떼같이 달려든다

무임승차를 한다

침실까지 기웃거린다

5월의 영가詠歌

오월의 영가는
5·18광주민주화운동을 탄압한 군부에 맞서 싸운
광주 시민의 비한悲恨이다

제 운명에 지는 꽃도 아니요
바람에 흔들려 잎이 떨어지는 것도 아니다
생때같은 한목숨들이 동백처럼 송두리째 뽑힌 절규가
툭 투둑 돌멩이 떨어지듯 땅을 치며
목 터지도록 외치는 광주 시민의 뜨거운 함성이다

누구의 사주使嗾일까 무장 무리들
민주화 외침에 독이 오른 광란
스스로 적군이 되고 아군이 되어서
진압이나 하는 척하며 불순자로 떠밀려 하는데
이에 광주 시민의 항거가 민주의 꽃으로 핀 노래다

총부리에 불을 뿜고 대검으로 곤봉으로 찌르고 때렸다
쓰러진 빛바랜 삶 잃어가는 생生들이

신작로에 널리어진 채 식어만 갔다
봇물이 터지는 듯한 신음 소리가 가슴을 쳤다
시민의 통곡慟哭은 하늘을 찔렀다
탄압은 도를 넘었다 혈안의 눈빛으로 짓밟고 뭉개였다
얼마나 아팠을까 비통悲痛했을까

피멍 든 손끝으로 몇천 번 땅을 긁으며 썼을 것이다
엄마 아빠 살려달라고 애원도 했을 것이다
그런 당신을 향하여 물 한 모금도 못 주고 나는 무엇을
했을까
우리는 어떤 기도를 했을까

손끝마다 발끝마다 움이 트고
통한痛恨의 혈루血淚마다 무궁화로 피어
이 땅에 양심의 꽃으로 노래로
승화되기를…

어떤 나무가 지는 꽃잎에게

지는 꽃이
꽃의 절정이구나

꽃은 나무의 아픔을 몰라도
꽃이 진 후부터 나무는 꽃으로 아프다

너를 위해 혹한도 이겨내고
행여 다칠세라
행여 아플세라
네 뜻을 따라 예쁘게 키워 왔는데

제 새끼도 못 거두고 간
넌 언제나
내 가슴에 묻혀 있다는 것

알고 가느냐

동짓날 월출산을 보다

영암 쪽 월출산은 거친 사내의 손바닥 같고
강진 쪽 월출산은 여린 아내의 손가락 같다

손바닥이랑
손가락이랑

내외가 아침부터 쌀가루 반죽을 하였는지
흰 구름 풀풀 날리는 속에
새알심들이 하늘 바닥에
동글동글 구른다

커다란 하늘 솥 바닥에
햇살 불꽃이 일자

팥앙금 같은 먹구름이
이내 퍼진다

허드렛물

고드름도 진땀나게 봄빛이 동행하고
사르랑 보슬비에 시름 덜던 시집살이
태기에 겹친 피로가 등걸잠을 청한다

씨압시 헛기침에 씨부렁도 거리면서
북데기 군불 지펴 냉기 쫓아 물 데우니
씨엄시 고운 옷 입고 안방을 차지한다

궂은일 다 챙기고 서러움도 삼켜가며
부엌문 고리 걸고 옹이 같은 몸 달래어
벗겨진 겨우살이가 임 곁에서 잠이 든다

두륜산의 가을 안개

젖은 속치마
한 허리에 두르고
장충동 산길 따라 오르는

물안개가
앙가슴 훔쳐 내리며 내 사념邪念도
닦아낸다

잎새마다 아찔한 끝
방울방울 모여
묶은 때를 벗기고

풀 옷깃 여미니

미숙한 햇귀가
거칠게 빗질하며 가을을 뿌린다

첫눈은 첫

첫눈은 첫,
첫사랑

처음의 입맞춤 같다

달콤했지만 금세 녹아버리고
잡을 수 없어서 잊히지 않는다

첫눈은 첫,
어머니의 차가운 손 같다

매운 겨울 갈퀴나무 하고 돌아온 어머니
손끝은 얼었어도 그 품은 눈물처럼 따뜻한 어머니
언제나 그리움은 새립으로 향하고
행여 오실까 기다려지더라

첫눈은 첫 나를
어린 시절의 넓은 마당으로 데려간다

눈에 취한 채 강아지보다 더 빨리
마당 끝으로 달려가는 마음

첫눈은 첫,
너를 만난 첫 골목길

내가 첫눈처럼 부르면
그때의 너도 첫눈처럼 대답하겠지

첫눈은 첫,
너무 환한 슬픔이더라

소나무 껍질 같은 피부에도
첫눈의 안부는 전해지나니

첫눈을 만나면
첫눈처럼 어려져서

아려서
첫,

펑크 난 마라도 나들이

열구름은 바람에 밀려가도
물길은 막혔다

파도는 굼실굼실
흰 거품 길게 물고 소리를 쏟는다

기세가 당당하고 풍체는 집채만 하니
감히 그 어느 누구도 건드리지 못하겠다

햇살은 당차게 멸치 떼처럼
송알송알 수다를 떨며 윤슬로 파닥인다

하도나 가고파서
바다에 물었더니

마라
마라
바다는 무겁게 입을 열고

해무

바다보다 먼저
해무가 다가와 인사를 한다

안개는 너무 충직한 바다의 신하이다

짙푸른 바다 내음을 훅 안겨주고는
천천히 물러나 비켜나니

유대도 해간도 적도 각도 불섬이
주렴처럼 흔들리고

연막軟膜 같은 해무가
다시 뒤를 가린다

어느새 연기 마을*을 장악한
바다의 신하들

그들의 입김이 얇은 천처럼

내 얼굴을 스친다

바다를 배알하려면 아직 멀었나 보다

* 경남 통영시 용남면에 있는 마을.

시침떼기

이른 새벽 기운 달은 유난히 밝은 척

중천에서 으쓱거리며 잘난 척한다 방금까지 비바람 어둠에 무력하더니 조선소 크레인 야근 불빛에 걸터앉아 내가 언제 그랬느냐 시치미를 뚝 떼고는 뒤에서 으스대며 종알거리며 포장만 그럴싸한 불량품처럼 그 낯짝이 참 조각난 궤짝이다

쿵쿵쿵 망치질 소리 매를 맞은 저 달빛

제5부 아내의 유작

내 아내 윤영자는 나보다 먼저 시인이었다.
칠순이 넘은 내게 시를 공부하라 해놓고는
정작 본인은 2017년 7월 18일 아주 먼 여행을 갔다.
5부에 실린 글은 모두 아내 윤영자의 작품이다.
특별히 시라고 이름 지어 남기지는 않았으나,
일기장과 편지글의 일부를 뽑아 여기에 옮긴다.

명준 아빠에게

제랑
오늘은 나 혼자 이야기합니다

2015년 11월 그믐 첫눈이 내리며
비바람까지 동반한 오후
병상 문을 열고 들어서니

처형
난 이렇게 누워 있습니다, 라고 하시던 말씀
지금 내 귓가에 서성거리며
애곡哀哭은 가슴으로 흘러서 갑니다

지난 시절 때때로
제반사 제쳐놓고 내 동생 영숙과
팔도 구경 다니며 팔도음식 맛보게 하던 제랑
명준 아빠

참으로 고마운 한 시절이었습니다

154

어서어서 일어나
또 하동 솔밭 구경 갑시다

2016. 01. 29.

못난 여자

난 남편의 덕에 살고 있는 것 같다
남편의 그림자처럼

아무도 알지 못하고 누군지 모르는데 만나는
사람마다 누구의 사모님이라고 격을 높여주니
나는 올가미에 걸린 사람이다

그런데 남편은 내 사람이 아닌 자유인이다
그저 부부이기만 하다 밖으로만 도는 사람이기에
출근하면 어찌 내 사람이라고 하겠는가
저녁이면 잊지 않고 돌아오는 것만 해도 고맙기만 하다

시집올 때
친정아버님 하시는 말씀
남자는 여자하기 나름이다
잘 가꾸어야 니 것이다 라는 말씀이
무슨 말씀인고 했다

아버님은 재 너머의 작은엄마와 따로 살고 있었다
날마다 집에 오시지만 일꾼들 일이 끝나면 재 넘어 가
신다
그렇다고 엄마는 한마디 원망도 없었다

친구 숙이가 왔다
네 남편이 누군고 했더니 그 사람이더라
다들 얼음 위에 배 밀듯 좋은 사람이라고 하더라
누구에게나 편하게 하는 사람이라고

나에게는 그렇지 않은데…
말하려다가

친정 엄마를 생각했다
누구하고도 맞장구치지 말고
하나를 보면 둘을 참으라는 말씀

발걸음 소리 들리어온다

그이가 즐겁게 오고 있다

1974. 7. 1. 내 생일날

큰딸 카니의 말

엄마 엄마
오늘 아빠 웃었다
약주를 하시는 것 같아요

내가 해끝에 꽃밭에서
다알리아를 만지고 있었는데
여보 나 왔어요 하고
들어가시더니

한참 뒤 또 나와
여보 여보 하고 부르기에
아빠 나 카니야 했더니

어쩜 뒷모습이 엄마와 똑같니?
니가 엄마인 줄 알았다
웃으시며

외나무다리 노래를 부르시더니

하늘이 빙빙 돌아간다 하시더라고

그래
우리 딸이 6학년이라
어른이 되어가는구나 하고
빙그레 난 웃었다

1978. 8. 10.

남자는 다 똑같다

인품 좋다고 말로만 들었던
k부장이란 분을 처음 만났다
듣던 대로 품격이 있어 보이고
키도 훤칠하고 기본이 면장 틀이다
말씨가 부드러웠다

초면 인사를 하고 몇 마디 말이 오가는 중
그러느냥 하고 듣고만 있었는데

그는 난데없이
사모님 큰일 났습니다 한다
왜요 했더니

서 형은 가는 곳마다 인기가 좋아
바람이 나면 어쩌시려고
혼자 객지에 두고 계십니까?
눈을 동그랗게 뜨고 묻는다

나는 단번에
말로만 들었던 k부장님을 오늘 처음 뵙는데
애 아빠와 똑같네요
라고 말했다

왜요 하기에
같이 다니니까 알지 어떻게 알아요

난 진작부터 알고 있어요
그래도 나는 그를 믿어요 했더니

다시는 나에게 말을 걸어오지 않았다

사랑을 위해 시인이 되었다
— 서정복 시집 『부칠 수 없는 편지』에 부쳐

이대흠 시인·문학박사

　서정복 시인을 만난 것은 2013년 봄이었다. 이미 70이 넘은 나이였지만, 그의 눈빛은 초롱초롱했고, 시에 대한 열정이 남달랐다. 아내의 권유로 시창작반에 등록을 했다고 했다. 그를 처음 만났을 때의 인상은 이런 것들이었다.

　그러나 그와의 만남을 거듭할수록 나는 놀라움에 가득 찬 채 그를 바라볼 수밖에 없었다. 그는 평범한 사람이 아니었다. 대개 은퇴를 하고 나서 시에 대한 관심을 가지고 창작 수업을 듣는 이들 중 많은 이들은 '시 쓰기의 어려움'을 토로하고는 꿈을 접어버리는 경우가 대부분이다. 아무리 쉽게 가르친다고 하여도 시 쓰기는 하루아침에 익히기

163

가 어렵고, 그만큼 집중을 해야 할 뿐만 아니라 시에 대한 열정과 시간의 투자가 필요하다. 그저 쉽게 시를 배우고, '나도 시인'이 되리라는 막연한 희망으로 다가온 이들은 쉽게 시인이라는 꼬리표를 다는 데만 욕심이 팔려 정작 시작 활동을 성실하게 하지 못하는 경우가 많다. 특히 사회적으로 성공을 했다고 평가 받는 사람들의 경우는 더했다. 그들은 사회적 성공을 시적 성공과 직결시키고 싶어 했다. 하지만 예술은 그렇게 호락호락한 게 아니어서, 그들은 자기만족을 할 수 있는 타협점을 찾아 나갔다. 그저 주변 몇 사람의 칭찬에 만족한 채 예술성을 확보하려는 노력을 더는 하지 않았다.

하지만 서정복 시인은 달랐다. 그는 시에 목말라했고, 해오라는 숙제도 빼먹지 않았다. 더구나 몇 사람과 함께, 2시간의 강의 시간이 부족하다며 강의 시간을 늘려서 해줄 수 없느냐고 요구하기까지 하였다. 나는 그들의 뜨거운 열정을 무시할 수 없어 1년간 연장 수업을 하기도 하였다.

그리고 몇 년 후 그는 등단을 하였다. 그러나 그는 시인이 되어서도 배움의 자세를 잃지 않았다. 핵심은 그의 노력이다. 80이라는 나이는 새로운 무언가를 받아들이기에는 퍽이나 어렵다는 나이가 아닌가. 그런데도 그는 나의 지적을 달게 받아들이며, 더 나은 작품을 쓰기 위해 매진

하였다.

어떨 때는 "이 교수, 내가 몸살이 나부렀소야." 그렇게 말하기도 하였다. 그렇게 시에 매달리고, 그렇게 연구하고, 그렇게 노력을 했다. 그 기간이 무려 9년이다. 또한 혼자서 시를 쓴 기간이 5년 정도 된다니, 아내의 말을 듣고 시를 쓰기 위해 무려 14년을 매달린 것이다.

1. 타고난 이야기꾼의 시간

서정복 시인의 시집 원고를 읽어 보고 나서 맨 처음 든 생각은, 그는 역시 타고난 이야기꾼이라는 것이었다. 말을 참 조리 있게 하고, 구수하게 하는 그의 입담이 시편에 그대로 살아 있다. 그가 처음 시를 쓰기 시작했을 때, 나는 그에게 "입으로는 시를 그렇게 잘 쓰시면서 왜 손끝으로는 못 쓰세요?"라는 말을 하였다. 그래서 본인이 한 말을 녹음해 놓고 써 보라고도 했고, 머리에서 손끝까지의 거리가 천 리이니, 그 거리를 좁혀 보라고 말하기도 하였다.

소문이 났다
화롯불이 별밭이라 했다

큰집 당숙모님은 늘 화롯불을

곁에 두고 겨우내

해수咳嗽기를 달래셨다

방 가운데 놓인 화로에서 별이 뜬다는 이야기

하루는 당숙님이 약주를 많이 하여

간밤에 요강으로 착각

쉬를 하셨다 한다

숙모님이 깜짝 놀라

그것은 화로라고 하였더니

당숙님은 껄껄 웃으며

참 하늘에 별들이 총총하다 하시며

시원하다 하셨다

화로에서 몸 숨긴 별들이

화들짝 깨어 날았더란다

-「화로에 총총 별이 뜬 날이 있었다」 전문

166

그의 시에는 전통적인 공동체 사회에서 입에서 입으로 전해지는 설화가 많이 나온다. 위의 작품도 그중 하나이다. 약주를 많이 마신 당숙님이 화로를 요강으로 착각하고 오줌을 눈 것인데, 그런 실수를 재치로 넘기니 화로의 불티가 하늘의 별로 변한다. 이런 혓바닥 역사는 공동체 마을에서는 그 무엇보다도 뜨거운 뉴스이고, 그 공동체를 하나로 묶는 유전자 같은 역할을 한다.

사랑방에서 새끼 꼬면서 회자되었을 이야기도 일품이다. 하나같이 비슷한 검정 고무신을 신고 있어서 신발에 개성이라고는 하나도 없었을 시절의 일이다. 건망증이 있는 '월남'이라는 분의 일화인데, 여러 번 읽어도 재미가 있다. 손에 신발 하나를 들고, 한쪽 신만을 신은 채 신발 찾는 이야기는 어느 마을에서나 있었을 법한 것이지만, 그런 설화를 기록해 두니, 하나의 문학 작품으로 손색이 없다.

> 골외미 사랑舍廊방은
> 소여물을 끓이는 방이라 따뜻했다
> 여물방이라고 불렀다

농한기에는 남자들 노소불문
계봉溪峰 선생 지도하에 서당이 열렸다
나도 함께한 때가 있었다

집으로 돌아갈 때는 언제나 차례로 나와 신발부터 각
자 챙겼다
그렇지 않으면 모두 검정 고무신이라 뒤바뀔 수 있기
때문이다

맨 먼저 나이 든 월남이 나와 신발을 챙긴다
한 짝은 손에 들고 한 짝은 왼발에 신고서는
서성거리며 신발을 찾는다
월남은 60이 넘은 고령이었다

한참 뒤 율동이
한 짝은 거기 손에 들고 있지 않소 했다
월남은 신을 들고 있는 손을 내밀며
글쎄 여기 한 짝밖에 없단 말이시 했다

아니 한 짝은 왼발에 신고 있지 않소 하니
왼발을 불쑥 내밀며

아 글쎄 한 짝이라 한다

율동은 직접 손에 든 신발을 신도록 도왔다

그때서야 월남은
아참 한 짝은 손이 신고 있었네 하였다
―「신발을 손이 신고」 전문

   손에 신발 한 짝을 들고, 자기의 신발을 엉뚱한 데서 찾는 사람의 이야기는 어느 마을에서나 있었을 법한 일이다. 그러나 이토록 해학이 살아 있는 서사를 엮어내는 것은 서정복 시인의 미덕이다. 마치 구전되어오던 설화가 최초로 기록되고 있는 현장인 것만 같다. 시적 기교를 과도하게 부렸다면, 오히려 어설픈 작품이 되었을 것인데, 그러한 장치가 없이 이야기를 그대로 문서화 해 놓음으로써 오히려 생동감이 살았다.

   이러한 이야기꾼으로서의 재간은 마을 밖의 일화를 전해주는 데도 탁월한 능력을 발휘한다. 과거 시골장터에서 흔히 볼 수 있었던 약장수는 타고난 이야기꾼이요, 개그맨이었고, 탤런트였다. 그런 약장수와 행객이 보여주는 장면은 그대로 한 편의 연극이다. 해학이 돋보이는 이런 서사는 한 편의 단편 서사시라 해도 손색이 없다.

술 취한 행객이 이를 보고
저 약을 먹으면 다른 약발이 받지 않는다고
빈정거린다

약장수는 못 들은 척하다가
주머니에서 만 원권 한 장 빼들고 그를 불러
약 한 알을 주면서 먹으라 한다 그리고

당신은 이 옆에 약국에 가서
이 돈으로 쥐약을 사먹으쇼
당신은 약발이 받지 않으니
죽지 않을 것이라고 한다

취객은 무어라 구시렁거리다가
시부렁거리며 도망치듯 자리를 뜬다

이 틈을 이용 약장수는
독사 눈초리 같은 말투로
이 약 먹어서 약발이 더 잘 받아 쥐약 먹었으면

열 배는 더 잘 죽었을 거라고 독설 같은 말을 한다

– 「약장수의 재치」 부분

　그렇지만 과거를 회상하는 듯한 이런 시편들을 읽다 보면, 서정복 시인의 작품에서 독특한 시간관이 있다는 것을 알 수 있다. 역사적으로는 몇십 년 전의 이야기들이 대부분이지만, 서정복 시인의 시에서는 그것이 과거에만 머물지 않는다. 과거는 현재로 와서 다시 지금의 시간과 대화를 한다. 다시 말하면 서정복 시인에게 있어서 현재는 단순히 지금의 어느 순간이 아니다. 현재는 누적된 과거이자, 미래로 이어지는 통로이다. 따라서 과거는 고정되거나 퇴적되어 있는 채로 머물지 않는다. 서정복 시인의 작품에서 보이는 독특한 시간관과 해학성은 과거를 현재화함과 동시에 삶의 긍정적 에너지로써 작용한다.

　　서울에서 제법 잘 살고 있다는 친구 윤식이가
　　안부를 물어왔다

　　이 무더위에 얼마나 고생하느냐고 그래서

　　여기는 아직 틈새가 많고 넓어서

더위가 들랑달랑하는구만

하였더니 빌딩 무너진 듯 웃어재낀다
— 「더위가 들랑달랑하는구만」 부분

　이 작품에서는 두 지역이 나오는데, 친구가 사는 서울과 시적 화자가 사는 시골이 그것이다. 그런데 무더위가 온 것은 서울이나 시골이나 비슷할 것인데, 시골에 사는 화자는 서울에 사는 친구에게, '여기는 아직 틈새가 많고 넓어서/더위가 들랑달랑하는구만'이라고 말한다. 더위는 눈에 보이는 것도 아니고, 실체가 있어서 움직이는 것도 아닌데, 더위를 살아 있는 생물처럼 표현한 것도 재미있지만, 시골의 더위만 상대적으로 들랑달랑한다는 것으로 보아, 더위는 도시의 빌딩숲에서는 드나듦이 자유롭지 않다는 의미를 품고 있다. 이렇게 보면 더위는 덩치가 굉장히 큰 짐승이다. 더구나 표준말 '들랑날랑' 대신에 방언인 '들랑달랑'을 씀으로써 특정 공간을 구체화하는 데 성공했다.

2. 가족공동체와 그 확산

서정복 시인의 시에서 과거는 오래되었지만, 현재에도 여전히 쓸모가 있고, 오히려 현재의 시간을 살게 하는 경작지 같은 것이다. 쟁기질한 논바닥 흙에 과거의 흔적이 있고, 오늘의 발자국이 찍히듯 서정복 시인에게 있어서 시간은 농부의 땅처럼 언제든 지금 여기에서 일구어야 하는 터전이다. 이는 과거의 인물을 현재로 살려내는 데서 그치는 것이 아니라, 과거의 일을 지극히 현재화함으로써 얻어지는 효과이다.

> 잡으려는 욕심에 책 보따리 내팽개치고
> 오리 새끼를 쫓았다 오리는
> 앞으로만 도망치는 것이 아니라
> 꾸정한 물속으로 쑥 들어가버린다
>
> 어디로 갔을까 휘둘러보는데
> 바로 앞에서 불쑥 나온다
> 온몸으로 철벅 덮쳤으나 허탕이다
> 한참을 쫓고 쫓다 옷은 다 젖고
> 밖으로 나오니 맨발로 서 있다

학교 가는 것을 잊은 채
신발을 찾으러 논두렁을 한나절 뱅뱅 돌아다니니
젖은 옷은 말라가고 흙탕물이 가라앉은 저편에
오리 새끼가 검은 흙 위에 앉아 있다

가만가만 갔더니
오리는 삐삐삐 도망을 가고
그 자리에 내 검정 고무신 코가 보인다

친구들은 학교에서 돌아온다

— 「오리 새끼가 날 잡는다」 부분

무엇을 생각하였을까
눈이나 붙였을까
날이 밝아오자 할머니에게 큰절을 하고
아직 꿈결의 동생들 바라보다가
부엌문 잡고 눈물 흘리는 어머니에게
잘 부탁한다는 한마디
돌아선 아버지의 어깨가 들썩인다
곧 묵 같은 슬픔

오래된 쇠스랑 같은 몸으로 사립까지 나와서

애비야 끼니 거르지 말거라

건네준 할머니의 떨린 목소리

허리 굽혀 받은 전대를 메고 보국대로

동리 사람 배웅 속에 남리 잔등을 넘어갔다

- 「나는 아홉 살 가장이었다」 부분

위 작품들에서 보이듯, 작품의 배경은 분명 과거의 어느 날이지만, 그것이 마치 지금 이곳에서 벌어지는 일인 것처럼 생생하다. 이는 시인이 선택적으로 썼을 시제와도 관련이 있어 보인다. 분명 과거의 일을 그리고 있지만, 현재형 시제를 빈번하게 사용함으로써 시적 공간을 현재화해 놓는다. 시인의 현재시제 선택 전략은 효과적이어서 '특정 장소에서의 옛날'을 지금의 이곳에 재현한다.

우리 일곱 식구가 남아

아버지가 철철이 나무하러 다니시던 길을 간다

거기에는 할머니가 계신다

조용한 곳으로 이사했다 한다

할머니는 손바닥을 치며 맨발로 마중을 나오신다
솔바람처럼 다가와
초면인 증손들을 안는다

내 새끼들 오느라 시장기 들었겠다
할머니 목소리 같은 봄바람 설렁인다

— 「할머니의 깨소금 단지」 부분

이 작품에서 나오는 할머니 댁은 묘소임이 분명하지만,
이 장소는 죽은 이의 흔적으로만 있는 것이 아니다. 마치
살아 있는 할머니 댁을 방문한 가족들 모습과 같다. '벌
초'가 아니라, '청소'이고, 봄바람이 할머니 목소리를 들려
준다. 시적 화자가 이미 누군가의 할아버지가 되어 있지
만, 여전히 살아 있는 할머니의 애정을 듬뿍 받고 있다.
이렇게 대를 이은 가족애에는 죽음이 없다. 그래서 이 작
품 속 할머니는 돌아가신 것이 아니다. 이사를 갔을 뿐이
다. 이처럼 서정복 시인의 작품에서 과거나 과거의 사람
들은 죽지 않는다. 이는 시집 전체를 관통하는 특이한 시
선이다. 죽은 자가 생시처럼 말을 하고, 이곳에 살아 있는
자가 죽은 자에게 스스럼없이 말은 건다. 이승과 저승이
소통하고, 과거와 지금이 여전히 현재에 살아 있다.

이러한 서정복 시인만의 시적 특징은 1부에 실린 작품들에만 국한되는 것이 아니라, 3부와 4부의 시에 실린 작품들도 마찬가지이다. 약간의 차이가 있다면, 3부의 작품들은 현재 혹은 현재와 근접한 때의 일을 다루었다는 점이다. 또한 개인의 일이나 가족을 이야기할 때만이 아니라, 우연히 만났거나 만난 적이 아예 없는 사람을 다루는 작품에서도 서정복 시인 특유의 가족애가 바닥에 깔려 있다는 점은 이채롭다. 가령 세월호 사건을 애도하는 작품에서나 망월동 국립묘지에서 겪은 실화를 바탕으로 한 시에서도 그런 시각이 드러난다.

돌아오라, 아들아
돌아오라, 내 딸아

사람으로 오지 말고
꽃이나 새로 오려므나
물속에서도 죽지 않는 수련이 되거나
숨 막힐 걱정 없는 하늘에서 나는 새

집 안으로 들어올 수 없거들랑

구구구救救救 비둘기 목멘 울음으로

엄마 엄마 부르면

엄마는 달려갈게 달려서 갈게

–「4월의 기도」 부분

시적 화자가 세월호 사고로 자식을 잃은 어머니이기 때문에 자식을 향해 애절하게 부르는 통곡의 노래가 되었지만, 서정복 시인의 작품에서는 이렇게 화자 설정을 통해서만 가족애를 표현하는 게 아니다. 예를 들면「망월동의 향기」같은 작품에서는 시적 화자는 분명 어떤 상황을 보고 있는 관찰자인데, 역사적으로도 의미가 있는 가족애가 잘 표현되어 있다.

대구로 가겠습니다

지금 대구는 전쟁보다 더한 난중 난리입니다

3월 2일 현재 수천이 넘었습니다

의료진은 지쳐 있고 병실은 태부족하여

신음 소리가 끝이 없다 합니다

그들은 지키러 가겠습니다

아버지

저는 1980년 7월 유복자로 태어나 어머님으로부터
기억할 수 없는 아버님 이야기를 잘 들었습니다
― 「망월동의 향기」 부분

시의 전문을 보면 화자는 망월동 묘지에 있고, 시적 대
상인 젊은이도 망월동 묘지에 있다. 시적 대상의 입을 통
해 나온 말로 유추해 보면, 코로나로 인해 대구가 아수라
장이 되었을 시기를 배경으로 하고 있다. 익히 알려졌다
시피 이 시에 나오는 대구는 특정 시기에 코로나의 급속
한 확산으로 몸살을 앓았지만, 역병이 창궐한 그곳으로
가려는 의료 인력이 매우 부족한 상황이었다. 2020년 2
월 말 기독교의 일파인 '신천지'를 중심으로 감염자 수가
급속하게 늘어나, 한국이 인구 대비 코로나 확진자 수 세
계 1위를 기록하기도 했던 참담한 시절이었다. 그런데 광
주의 한 의사가 대구에 가겠다고 자청하고 나선 것이다.
물론 광주나 전남의 의료 인력이 대구에 의료지원을 나
가고, 광주 전남권의 병실을 개방했던 것은 아름다운 역
사 기록으로 남아 있다. 문제는 시적 대상이 된 청년이
1980년생이라는 점이고, 광주항쟁이 있었던 1980년 5월
에 아버지를 잃고, 그해 7월에 유복자로 태어났다는 것이
다. 그의 아버지가 망월동 묘지에 묻힌 것으로 보아, 그

의 아버지는 전두환을 중심으로 쿠데타를 일으켰던 반란 군의 총에 사망한 것으로 보인다. 그런데 5·18 때 아버지 가 죽었다는 한 젊은이는 5·18 때 시민을 향해 총을 쏘았 던 정치 군인들에게 정치적 기반이 되어주었던, 영남, 그 중에서도 소위 보수의 중심지라는 대구에 가겠다는 것이 다. 이는 민주 성지인 광주의 정신이며, 민주주의는 어떠 한 갈등이 있더라도 인간의 존엄성이 먼저라는 것을 실천 하는 좋은 예라고 볼 수 있다. 사실 민주주의의 진정한 완 성은 서로의 자유를 고양시키고, 인간의 존엄성을 온전 히 회복하는 세상일 것이므로, 그런 인간애와 희생의 바 탕 위에서 가능할 것이다. 이 시가 보여주는 숭고미는 한 국 현대사의 굴곡 속에서 보기 드물게 찾을 수 있는 예이 다. 또한 그러한 실천이 아버지의 희생을 헛되이 하지 않 는 길임을 유추해 본다면, 이러한 사회적 희생이나 실천 도 가족애에 바탕을 두고 있다는 것을 알 수 있다.

3. 이 노래는 후렴이 아니다

서정복 시인의 첫 시집 『부칠 수 없는 편지』에서 가장 눈여겨보아야 할 시편들은 2부에 실린 시들이다. 이 작품들은 사랑하는 아내를 여읜 시인의 비통한 심사와 아내가 살아 있을 때의 일화, 아내와의 추억, 아내의 부재를 확인하는 순간 등을 표현한 절절한 사랑 노래이다. 역설적이게도 노 시인의 절절한 사랑 노래는 사랑하는 이의 임종 순간에 싹이 튼다.

몸 다스리고 온다더니…

휠체어 타고 북경으로 제주도로
큰바위얼굴 공원으로
들로 산으로 꽃구경 할 때
세상 사람들 다 쳐다봐도 당신이 있기에
하나도 부끄럽지 않았소

필수 수정이 밥 먹여 학교 보내고
도시락까지 챙기며
거동 못한 당신 곁에 있다가
저녁 길 돌아와
그들을 뒷바라지할 때
2009년 그 가을은
당신 은혜 갚는다는 즐거움으로 살았소

그땐…

그땐 참으로 행복했소

정말 재미있었다오

매듭 매듭 풀고 가소

흘러간 추억들

당신의 슬픔과 한

가슴 찢어지도록 아프게 한 내 무례함

수천만 분의 일만도 못한 내 인내

뒤돌아보며 몸소 갚으려 하는데

다 받지도 못하고

내 곁을 홀연히 떠나려 하오?

– 「부칠 수 없는 편지 1」 부분

　벌써 5년이 다 되어간다. 수업에 거의 빠지지 않았던 그가 결석을 자주 했다. 물론 결석을 할 때마다 미리 전화를 해서는 피치 못할 사정이 있노라고 했다. 더 자세한 이야기는 하지 않았고, 나도 묻지 않았다. 그는 과묵한 사람이고, 자신의 개인사에 대해 쉽게 말하는 사람이 아니었다. 그런데 두어 번 결석이 이어지자, 이상하다 싶었다. 그는 책임감이 강한 사람이고, 선택한 일에 대해 열정적인 사람이었던지라 잦은 결석이 이해가 되지 않았다. 그래서 이유를 묻지 않을 수 없었다. 그러자 그는 위의 작품에 나온 내용과 비슷한 일을 떠맡아 하고 있노라고 하였다. 손자 손녀들을 뒷바라지해야 해서 새벽이나 저녁때 틈을 내기가 쉽지 않다고 하였다. 아내가 아파서 병원에 입원했다는 말은 하지 않았다. 그의 아내가 병원에 입원해 있다는 것을 알게 된 것은 다른 사람의 입을 통해서였다. 그 말을 전해준 이도 조심스럽게 말을 하였다. 그만큼 그는 남에게 부담을 주는 것을 극도로 꺼려 했다.

그러다 느닷없이 그의 아내가 운명하였다는 소식을 들었다. 장례식장에 도착하자 그가 몇 장의 종이를 불쑥 내밀었다. 그의 눈은 시뻘겋게 부어 있었다. 눈자위가 금세 물러질 것만 같았다. 그가 내민 종이에 위의 시가 적혀 있었다. 아내의 임종을 지켜보면서 그 자리에서 쓴 글이라고 하였다. 죽어가는 아내에게 빚진 것이 많다고 여기는 화자는 그 모든 것을 몸소 갚으려 한다. 그러나 사랑의 대상은 이승을 떠나려 하고 있다.

그래서 떠나는 이를 붙잡으려는 안타까움은 다음과 같은 질문 형태를 띤다. "갚으려 하는데/다 받지도 못하고/내 곁을 홀연히 떠나려 하오?" 사랑하는 이가 원하였기에 시인이 되었는데, 사랑하는 이를 위해 처음으로 쓴 사랑시가 사랑하는 이의 죽음 앞에서 쓴 작품이다. 이는 가장 처절한 사랑의 고백이 아닐 수가 없다. 사랑하는 아내는 이미 숨을 닫을 준비를 하고 있다. 그런 순간에 한 번도 부르지 않았던 사랑의 노래를, 사랑하는 이가 듣지 못할지도 모르는 절절한 고백을, 죽음을 향해 떠나는 그의 뒷모습에 대고 처절하게 부르는 세레나데는 살아 있는 연인에게 마지막으로 부르는 노래이기에 더 비통하다.

> 미련도 없다던 이승!
> 그래도 가기 싫어하는 길
> 행복도, 즐거움도, 슬픔도
> 붙일 길 없는 그 길
> 내 힘으로 잡을 수 없어 미안하오, 윤영자 씨
>
> ―「부칠 수 없는 편지 1」부분

사랑하는 이는 죽어가고, 그 곁을 지키는 시인은 시를 쓴다. 처음이자 마지막 사랑 노래를 사랑하는 이의 임종 순간에 부르고 있다. 그리고 미처 노래가 끝나기도 전에 사랑하는 사람은 숨을 거둔다. 죽어가는 이의 마지막 귀에는 사랑의 말이 흘러들었을 것이다.

184

사랑한다는 말은
모두가 입 발린 소리라 하던 영자 씨
그래도 사랑한다는 그 말밖에 할 수가 없소
―「부칠 수 없는 편지 1」 부분

설령 그것이 여전히 입에 발린 소리였다고 할지라도, 처음이자 마지막으로 부르는 사랑 노래가 아무리 서툴다고 하여도, 그 진실함 때문에 이 작품은 독자의 심금을 울린다. 사랑한다는 말을 다른 말로 아무리 바꾸어 보아도, 그 말의 구체성을 아무리 살려 보아도 '사랑한다'는 말을 대체할 다른 언어를 찾을 수 없다. 너무나 빤해 보이는 말, 너무나 흔한 말, 누구나 입에 담았던 그 말이, 절박한 순간에 뱉을 수 있는 유일한 말이어서, '사랑한다'고밖에 말할 수가 없다.

이렇게 사랑하는 이를 잃고, 서정복 시인은 더욱 시작에 몰두한다. 아내가 유언으로 남겼던 한 가지, 손녀 서승아를 자신이 보살폈던 것처럼 뒷바라지 해달라는 당부를 지키기 위해 새벽 5시에 일어나 승아를 위해 아침 준비를 하고, 도시락을 싸고, 학교에 보내고, 승아가 학교에서 돌아올 무렵이면 마중을 나가고, 다시 식사 준비를 하고, 저녁이면 승아와 함께 커다란 책상에 마주 앉아 서로의 공부를 한다. 승아는 학교 공부를 비롯하여, 한자 공부, 영어 공부 등을 열심히 하였고, 할아버지인 서정복 시인은 시 쓰기에 많은 시간을 투자했다.

초등학교 1학년이었던 승아가 어느새 5학년이 되었다. 시인 할아버지도 꾸준히 시를 써서 어느새 한 권 분량을 썼고, 승아는 한자 5급 시험부터 시작하여, 지금은 1급 시험까지 통과한 상태이다. 승아는 할머니를 많이 닮았고, 할아버지 시인은 죽은 아내의 분신처럼 여겨지는 승아와 함께 생활한다. 서정복 시인의 모든 스케줄은 승아를 우선해서 정해진다. 이렇게 붙어 살다 보니, 할아버지인 서정복 시인은 승아를 통해서 죽은 아내를 떠올리고, 다시 사랑을 확인한다. 따라서 승아는 사랑하는 아내와의 연결고리이며, 여전히 사랑하는 대상, 그 자체이다.

손녀가 무심코 꺼내온 사진 속에
그 소녀가 있다

백신 주사 바늘같이 쭉쭉 뻗은
까끄라기에 알알이 줄을 지어 꽉꽉 찬 보리목이
산호들 후덥지근한 바람에
사그락사그락 익어가고 있다

그 보리논 두룩에 서서 삐리리 삐 삐
보리피리 불던 오래된 소녀가

지금의 소녀에게
들려주는 보리피리 소리
　　　　－「사진 속에는 노래하는 소녀가 있다」 부분

　손녀인 승아가 꺼내온 할머니의 옛 사진을 보며, 시인
은 회상에 잠긴다. 사진 속 인물이 소녀인 걸로 보아 시적
화자와 사진 속 소녀는 추억을 공유하는 사이가 아니다.
그럼에도 시인은 사진 속 소녀의 노래를 듣는다. 사진 속
에서 부르는 소녀의 보리피리 소리를 듣는다. 그 소리는
현재화되어 지금의 소녀에게도 들릴 것이다. 과거와 현재
가 피리 소리로 연결된다. 보리피리를 부르는 소녀와 그
걸 듣는 소녀가 오버랩 된다. 이제 시인의 사랑은 영속성
을 얻는다.

　북받친 서러움에
　산등성을 후비적거리다
　피멍 든 손끝이

어둠 속에 묻혀가고

미련은 짐승처럼 네 발로
· 미칠 듯 헤매인다

– 「석양」 부분

시인의 사랑은 사랑하는 대상이 죽음을 맞이했다고 끝
난 것이 아니다. 사랑하는 이의 죽음은 오히려 시인에게
사랑의 씨앗으로 심어졌다. 사랑은 더욱 불타지만, 육체
성을 상실한 사랑의 대상은 만질 수가 없다. 하늘이라도
할퀼 것 같다. 따라서 서산에 불타는 노을마저도 시적 화
자인 내가 산등성이를 후비적거리다 피멍든 손끝이다. 얼
마나 애절했으면 그대를 잡으려고 하늘을 할퀴었으며 산
등성이를 후벼 팠겠는가. 얼마나 많은 피를 흘렸으면, 으
스러진 손끝에서 나온 피가 노을로 번졌겠는가. 그러나
이내 사랑의 증거물이랄 수 있는 노을(손끝에서 나온 피)
도 어둠에 묻힌다. 비명이라도 질러야 할 것 같다. 붙잡을
수 없고, 어떤 말도 담을 수 없다. 그러나 입 밖에는 어떤
소리도 내지 않는다. 오로지 '미련은 짐승처럼 네 발로/미
칠 듯 헤매'일 뿐이다.

그러나 서정복 시인의 시에 나오는 시적 화자가 사랑

하는 이의 부재를 모르는 것은 아니다. 혼자 있는 시간이면, 사랑하는 이를 떠올리고, '세월은 나를 늙게 했지만/어두운 방에 혼자 앉아/없는 당신을 마주하면/그리움은 또 감자 싹처럼 돋는다'(「당신 덕분에 따뜻해요」)에서 보이듯 늘 새로운 그리움이 새싹처럼 돋을 뿐이다. 아무리 사랑하는 이가 사라졌다고 해도 그리움이 자꾸 태어나기에 이 사랑은 종착지가 없다.

> 이 또한 겹친 낭보에 혼자 즐기다가
> 내내 미안해하는 당신이 아른거려
> 모두가 잠든 이 새벽에 이 소식 전하니
>
> 당신도 크게 한번 웃어 봐
> 눈으로만 웃지 말고
>
> ─ 「부칠 수 없는 편지 4」 부분

  슬픈 일이 있어도 죽은 아내를 떠올리고, 기쁜 일이 있어도 아내 생각을 한다. 따라서 죽은 아내는 아주 죽어 있을 수가 없다. 이러한 그리움의 호명은 집안의 경사가 겹친 날에도 예외가 없다. 나만 혼자서 기뻐하는 게 미안해서, 시인은 새벽에 홀로 아내에게 편지를 쓴다. '당신도

크게 한번 웃어 봐/눈으로만 웃지 말고'라고 말하는 걸로
보아, 이미 눈으로 웃는 모습은 보고 있다. 그러나 소리가
없다. 그렇게 사랑하는 내 여자는 땅거미 드는 언덕을 천
천히, 초승달처럼 넘어가고 있다.

초승달은 언제나 옆걸음 친 당신같이

살짝 흘기는 미소로 노을을 비껴간다

땅거미 드는 언덕을

넘어서 가는 내 여자

– 「초승달」 전문

서정복

전남 해남에서 태어났다. 2015년 『문학춘추』(현대시) 신인문학상으로 등단했다. 『시조시학』(시조) 신인상을 받았으며 심호 이동주 시인 기념사업 회장, 한국문협 회원, 전남문협 이사, 문학춘추작가회 이사, 광주문협, 영·호남문협, 광주시인회, 광주·전남시조회, 시조시학회 해남문협, 해남문학, 목포바다문학 회원, 고산문학축전운영위원을 역임하고 있다.

e-mail｜seojungpok@naver.com

부칠 수 없는 편지

초판1쇄 찍은 날 ｜ 2021년 11월 10일
초판1쇄 펴낸 날 ｜ 2021년 11월 22일

지은이 ｜ 서정복
펴낸이 ｜ 송광룡
펴낸곳 ｜ 문학들
등록 ｜ 2005년 8월 24일 제2005 1−2호
주소 ｜ 61489 광주광역시 동구 천변우로 487(학동) 2층
전화 ｜ 062-651-6968
팩스 ｜ 062-651-9690
전자우편 ｜ munhakdle@hanmail.net
블로그 ｜ blog.naver.com/munhakdlesimmian

ⓒ 서정복 2021
ISBN 979−11−91277−24−1 03810